Doida pra escrever

Doida pra escrever

Ana Elisa Ribeiro

© Moinhos, 2021.
© Ana Elisa Ribeiro, 2021.

Edição: Camila Araujo & Nathan Matos
Assistente Editorial: Karol Guerra
Revisão: Ana Kércia Falconeri
Capa: Sergio Ricardo
Projeto Gráfico e Diagramação: Isabela Brandão

Nesta edição, respeitou-se o Novo Acordo Ortográfico da Língua Portuguesa.
Dados Internacionais de Catalogação na Publicação (CIP) de acordo com ISBD

R484d
Ribeiro, Ana Elisa
Doida pra escrever / Ana Elisa Ribeiro. - Belo Horizonte : Moinhos, 2021.
160 p. : il. ; 14cm x 21cm.
Inclui índice.
ISBN: 978-65-5681-091-1
1. Literatura brasileira. 2. Crônicas. I. Título.
2021-2750
CDD 869.89978
CDU 821.134.3(81)-94
Elaborado por Odilio Hilario Moreira Junior - CRB-8/9949

Todos os direitos desta edição reservados à Editora Moinhos
www.editoramoinhos.com.br
contato@editoramoinhos.com.br
Facebook.com/EditoraMoinhos
Twitter.com/EditoraMoinhos
Instagram.com/EditoraMoinhos

9	**DOIDA POR PALAVRAS**
10	DOIDA PRA ESCREVER
13	CARTA AO(À) ESCRITOR(A) EM SUA PRIMEIRA EDIÇÃO
17	COMO MEDIR A PRETENSÃO DE UM LIVRO
21	A POMBA GÍRIA
24	12 TIPOS DE CLIENTE DO REVISOR DE TEXTOS
30	TRELIÇAS BEM TRANÇADAS
34	A DIFÍCIL ARTE DE SABER MAIS UM POUCO
38	PARA QUE SERVE A POESIA?
42	QUE TAL FINGIR-SE DE CÉU?
44	A BIBLIOTECÁRIA DE PLANTÃO
48	COM QUANTOS EVENTOS LITERÁRIOS SE FAZ UMA CANOA?
51	LER, INVESTIR, GESTAR
56	TECNOLOGIAS E BORBOLETAS

63 MEMÓRIA & TEMPO

64   O QUE VAI SER DAS MINHAS FOTOS?

69   "EU QUERO VOCÊ COMO EU QUERO"

73   IMPRIMAM – E REPENSEM – SUAS FOTOGRAFIAS

75   O GRÃO DO TEMPO

77   CURSO DE GESTÃO ATABALHOADA DO TEMPO

81   SENHOR AMADEU

84   40 COM CORPINHO DE 39

88   ELOGIO AO CABELO BRANCO

92   MOMENTO IDEAL E CONCILIAÇÃO

96   NOTURNO PARA OS NOTÍVAGOS

101   RELATÓRIO DE COMPRA

105   MEU REINO POR UMA WEBCAM

109 EDUCAÇÕES

110 MEU QUERIDO AEROPORTO #SQN

114 FIQUE DE CINTO ATÉ A PARADA TOTAL DA AERONAVE

118 E SE AMÉLIA FOSSE FEMINISTA?

122 QUANDO (NÃO) LI ANA CRISTINA CÉSAR

128 REUNIÃO DE PAIS, OPS, DE MÃES

132 ESCOLA, LITERATURA E SOCIEDADE: ESQUIZOFRENIA

137 AMOR & OUTROS QUIPROCÓS

138 BEIJO SURDO

141 DOS SENTIDOS SECRETOS DE CADA COISA

144 FAMÍLIAS TERRÍVEIS – UM TEXTO TALVEZ INDIGESTO

148 CRÔNICA EM SUSTENIDO

152 NEM MORTA!

156 O QUE FAZER COM ESTE CORPO?

DOIDA POR PALAVRAS

DOIDA PRA ESCREVER

Tem dia que eu acordo doida pra escrever. Não serve mais nada. Tem alguma coisa incomodando demais, dando engulhos ou fazendo cócegas. Às vezes é só um prazo mesmo, vencido, de preferência. Outras vezes, não. É assim a sensação que deve ter um vulcão ou então uma bomba. Vamos humanizar as coisas, minha gente. É a sensação que deve ter o nosso corpo, imagine aí em que circunstâncias, as mais variadas

Mas já ouvi dizer de gente que nunca sente isso. Por outro lado, ouvi falar de médico que prescreve escrita pra curar doideira ou algum mal da cabeça. Talvez cure também o coração e outras vísceras. Quantas vezes senti os pulmões mais capazes depois de um belo poema. Pode nem ter sido assim tão belo, vá lá, mas foi eficaz pra dores diversas.

Em relação a essa turma que não precisa da escrita pra nada só sinto duas coisas: ou inveja ou dó. Isso, dó. Desculpem aí minha intolerância. (Neste mundo, é preciso ter cuidado com isso, senão dá processo). Inveja quando penso que alguém pode conseguir viver agarradinho com seus quiproquós todos, no maior love, sem precisar tirá-los a fórceps, com uma caneta ou um teclado desbotado. Quem me dera essa convivência toda. Mas tudo bem. Pode ser que a pessoa tenha outros expedientes, tipo jogar bola com os amigos, beber bastante, correr (já vi gente se curar assim), cantar, ah, cantar a beleza de ser... isso. Mas não precisar escrever é um mistério pra mim.

O outro sentimento é mais delicado. É dó, é pena, é um negócio complicado. A gente, cá do alto de nossa implicância, fica pensando "coitado desse pessoal". Mas é que quem escreve se sente dono de um garimpo inteiro. Uma espécie de poder. Está na moda aí, aliás, uma palavra esquisita, traduzida e mal paga, que é "empoderamento". É mais ou menos quando a gente aprende uma coisa que nos faz ficar mais potentes, mais podendo, com uma espécie de "cinto de utilidades" que pode ser usado quando a gente quiser mudar algo. E aí já li bastante falarem de empoderamento em relação à leitura e à escrita. E me senti mais super-heroína do que todas: a She-Ha, a Mulher Maravilha, a... bem, são quantas mesmo?

Escrever é um ódio. Mas, depois que acontece, é uma mansidão geral, até a próxima escala. Só que tem dia que eu acordo – eu e um monte de gente que fez esta descoberta – doida pra escrever. Não me vem nem a ideia do café da manhã. É que tem bastante gente que precisa tomar café primeiro. Mas eu sou uma mineira estranha: não curto nem café, nem tropeiro, nem praia. Mas aí eu corro pro computador e piro geral. Vai que dá certo? Costume.

A escrita é uma mistura inexplicável de força, memória, conexões, leituras, falatórios, horas de filmes bons e ruins, uma vida inteira de ações e reações, atenção, desatenção, amor e desamor, ímpetos, convicções, perdões, convenções, aulas de tudo quanto há, escola, muita escola, contenção, habilidade, um tico de tendências sado-masô, exibicionismo, em algum grau, experiência em qualquer medida, mas, fundamentalmente, desobediência. A escrita nem te suga nem nada. Você acorda doidão, corre pra máquina que for (pode ser lápis, pois ela não é muito específica), escreve, escreve, escreve, sente que secou, murchou ou brochou, e continua o dia. Não desgasta, sabe? E enche, enche tudo de novo, que nem caixa d'água (quer dizer... aí depende...).

Hoje eu acordei doida pra escrever. Note-se que nem tinha muito o que dizer. Isso também acontece. No entanto, não é bem um problema quando isso rola. Tanta gente não tem nada a dizer! Ora, bolas. Nem é preciso ter um ostentável conteúdo para escrever. Milhares e milhares de estudantes fazem isso, todos os anos, quando escrevem algumas sofridas (e sofríveis) linhas sobre o que não sabem. Já imaginou? Ter de escrever o que nunca foi pensado antes? É a tarefa mais ingrata que há. Digo sempre isso aos alunos que passam ali pelo meu quadrado: sua tarefa é a pior que há, meu caro. Depois desta, qualquer coisa funciona. Imagine o comando: Escreva aí, nesta sala bege ou verde-hospital, sem livros nem nada o que consultar, bem rapidamente, sob o olhar lancinante deste fiscal mal pago, sobre um tema que você conhecerá neste instante. OK. Está dada a largada. Se isso for possível, o resto será festa.

Não. Escritor doido pra escrever tem tempo, tem paixão, tem uns dias, uns meses, uns anos, uns livros e muita gente com quem conversar. Muitas vezes, escrever sucede a pesquisa. Pesquisa mesmo, com roteiros, leituras, entrevistas, consultas. Quem é doido por escrever costuma ter uma sala, um quarto, uma estante, uma prateleira, um computador, o que seja... mas cheios de coisas pra ler, pra olhar, pra visitar, pra levar debaixo do braço. Pensa, pensa, daí vem um ímpeto. A gente fica fogoso, um dia. Não pode nem ver uma folha de papel, uma tela em branco, que o fogo acende.

Mas vá lá. É preciso saber ficar doido pra escrever. Ligar a ignição. Tá tudo calmo e quieto, vontade alguma, só pensando no mato pra capinar ou na graxa do portão, mas chega uma demanda de escrever. Quem não entende do riscado pensa que é assim, ó: "Senta e escreve, bora lá". E a gente faz. Aprende a riscar a faca no chão até dar faísca. Pedra com pedra. Fósforo. Lente no sol. Queima até o que não tem. Doidos pra escrever são perigosos.

Acordei doida pra escrever. E nem era só um prazo expirado. Era uma energia transbordando aqui e ali. Calibrada? Níveis normais? Vamos agora ao dia, pra ter mais o que escrever, nas próximas linhas.

CARTA AO(À) ESCRITOR(A) EM SUA PRIMEIRA EDIÇÃO

Caro ou cara autor(a), muito provavelmente seu livro impresso terá apenas uma edição, com uma pequeníssima tiragem. Mas isso não importa. São tempos de celebrizar. Então não tem muita importância quantos exemplares existiram ou existem desse livro. O importante mesmo é o barulho que se fizer em torno dele. Faz mais sentido, então, você manter bem vivas suas contas no Facebook, no Instagram e sua amizade com jornalistas e outros escritores sob as luzes. O demais é resto. A diferença entre edição e tiragem? Pouca, na prática. Hoje em dia, devido aos avanços tecnológicos – em especial os digitais, claro, é possível imprimir dois livros apenas, se quisermos. E as pessoas não se importarão muito com isso. Quem procura saber as tiragens de um livro? Quem garante que as tiragens informadas em alguns colofões ou fichas foram mesmo as tiragens reais? Quantas histórias correm pelos bastidores de editores desonestos que informam uma tiragem e imprimem outra? Enfim, tiragem, caro(a) autor(a), é a quantidade de exemplares impressos. No mundo digital isso inexiste, não faz o menor sentido, porque aí nada se mede em existência física, propriamente. Até os dispositivos onde a pessoa lerá não serão mais os mesmos, dentro de alguns anos ou meses. Então pode esquecer. A edição, sim, pode coincidir com a tiragem, mas mudar. Quando se lança uma obra pela primeira vez, trata-se da primeira edição. Se em algum momento forem feitas mudanças de alguma monta, indica-se outra edição. Geralmente isso ocorre porque foram feitas correções, atualizações, acréscimos, etc. Sem mudança alguma, não há por que dizer que foi segunda edição, compreende? Trata-se apenas da primeira edição em segunda tiragem. Mandaram imprimir de novo o mesmo texto. Mas essas coisas podem ser confusas. Coisas do mundo dos impressos.

O seu livro, como eu dizia ou alertava, terá apenas uma edição, provavelmente. E se for impresso, uma pequena tiragem. Nos tempos do offset, era comum que uma tiragem tivesse no mínimo 300 exemplares. Questão de custo, de máquina, de tinta, de ajuste. Hoje, não. A impressão digital prescinde disso. Como já dito, uma edição pode ter dois exemplares impressos: um pro seu arquivo pessoal e outro pra sua mãe, se ela quiser lê-lo(la). No mais, é fazer flyer, anunciar lançamento em livraria ou espaço dado a isso, avisar os amigos e os inimigos, dar-se ao desfrute. Pode sair no jornal uma notinha ou uma capa, dizendo que você lança seu livro de estreia e já pode ser considerado(a) uma promessa. Isso depende de muita coisa e nem tanto do próprio livro.

Aliás, nenhum critério deste jogo é claro. Não espere por isso. Não acredite em histórias pessoais de sucesso e superação como se fossem a regra. Evite investigar o por trás das coisas, se quiser manter a sanidade. Esqueça o lance da meritocracia. Leia apenas de soslaio as discussões sobre critérios extraliterários e os debates sobre qualidade e valor literário. Toque o bonde. Não frequente cursos de como ser escritor de sucesso e não se importe com carreiras meteóricas. Deixe acontecer.

Esta minha carta, até, pode ser ignorada... para ser coerente com o parágrafo anterior. Mas ao menos ela quer lhe dar a real. Não há critérios claros e nem uma escadinha arrumadinha para subir, rumo ao reconhecimento, ao sucesso, ao cânone, se for seu desejo. Para chegar ao cânone, por exemplo, você precisará de muitos elementos, e todos são misteriosos. Mas seria bom que, além de ter seus livros propagados pela imprensa e pela crítica mais visível, você conseguisse ser indicado(a) em escolas – sim, essas de ensino fundamental e médio – e que defendessem algumas dissertações e teses sobre você na universidade. Talvez seja difícil alcançar tudo isso, concorda? Muitos críticos, hoje, são também os professores universitários e os poetas. De maneira que essa multiplicidade de papéis nos confunde tudo. Melhor deixar acontecer.

Não se compare. Pode ser viciante abrir um livro do(a) novo(a) gênio(a) da semana e pensar: o que ele(a) tem que eu não tenho? Bem, às vezes ocorre de você ser melhor, por qualquer razão. Mas aí as explicações são complexas também. Você não é aquela pessoa, não esteve nas mesmas contingências, não nasceu em tal ou qual lugar, não trabalhou aqui ou ali, não teve contato com não sei quem, não teve uma apresentação respeitável de um gênio mais velho (ou velha, mas elas são mais raras), etc. etc. etc. Impossível saber. Portanto, evite comparar-se e pensar no mérito alheio. Vá na sua trilha e pronto.

Prepare-se, por toda a sua vida, para a frustração. Nunca se sabe o que uma pessoa quer ao enveredar pelos caminhos da literatura contemporânea (seja em que tempo for). Tenho certeza de que muitos e muitas de nós pensamos, ao encontrar aquela editora disposta (e hoje há mais delas), que nosso livro será uma descoberta, que será comentado, consumido, lido (ah!), falado. Contenha-se. Muitos de nós pensamos assim: lancei meu primeiro livro por esta editora pequena, logo um crítico descobrirá minha genialidade e uma editora grande, dessas multinacionais, virá comprar meu passe e me fará famoso(a). Ano que vem estarei na mesa principal da Flip. Depois ganharei o Oceanos e tudo estará resolvido. De novo: contenha-se. Não acontece assim. Na maioria das vezes, não acontece. Há uma hierarquia para os livros, para as editoras, para os prêmios, para os eventos, para tudo. Drummond já dizia dos poetas municipais, estaduais, etc. Leve na esportiva. Se você escreve para si, para resolver um contentamento seu, saberá sobreviver. O resto será uma partida de... truco. Meio na sorte, meio no grito e com muito blefe.

COMO MEDIR A PRETENSÃO DE UM LIVRO

Mal escrevi este título e já me arrependi. Não sei se o livro tem culpa no cartório. A pretensão pode ser do autor ou da autora, do editor ou da editora, do departamento de marketing ou de quem mais houver envolvido no empreendimento, seja ele de grande ou de pequeno porte. Culpei o objeto livro por algo que ele apenas materializa. Humanizei, antropomorfizei, mas o intuito era comentar (e apenas isso) minha percepção sobre alguns livros que leio, desleio, releio, transleio e mesmo dos que desprezo na estante, até que me venha uma gana qualquer de lê-lo.

O que chamei de "pretensão" pode ser sinônimo de "presunção" e mesmo de "arrogância". Mas também pode significar "desespero", "despreparo", "exagero" e um tantinho de falta de noção. De maneira simples e direta, pode ser só uma pergunta: o que este livro/autor(a) pretende? Vai saber. Só mesmo nos bastidores de uma produção editorial de livro é que se pode compreender o que de fato ocorreu.

Livros são objetos tão antigos quanto complexos. Não vou aqui me aprofundar nessas questões tecnológicas, sociais, sociológicas. O que quero deixar posto é que se trata de um objeto compósito. Não é apenas uma coisa qualquer, não é apenas um emaranhado de textos. Um livro (e sua existência material) é tão político quanto sinal de resistência, persistência, insistência. A despeito de qualquer força contrária, os livros existem. Com eles, seus escritores e seus leitores, menos duradouros do que o objeto, como sabemos.

Para existir bem, é comum que um livro seja integrado por vários textos, além do "principal". Prefácio, introdução, apresentação, orelhas, quarta capa, posfácio e o que mais existir que possa compor, emoldurar, contextualizar, avalizar e mais... um texto que às vezes é de um iniciante, outras vezes, não. Em caso de escritor conhecido, pode ser que esses paratextos (para usar o termo de Genette) sirvam para analisar, historiar, elevar ainda mais a obra. É quando tomamos para ler um poemário do Manuel Bandeira e ele vem com um prefácio inteligente de um estudioso universitário, como que a nos ajudar a compreender aquela obra. Um pouco de aula, um pouco de contextualização, um tanto de explicação.

No caso de escritores iniciantes, ocorre algo parecido, mas a troca simbólica é mais assimétrica. Um nomão da universidade ou um crítico badalado emprestam suas assinaturas a prefácios ou orelhas que avalizam o texto principal, poemas, contos ou romance, a fim de "dar um pezinho" ao autor que ali se joga no palheiro da literatura nacional, seja ela qual for.

Funciona. Muitas vezes, o nomão ou a nomona ajudam a alçar o iniciante a uma espécie de "promessa da nova geração". Muitas vezes, tudo fica apenas na promessa, porque são muitos os elementos que levam alguém ao cânone. No entanto, esses mecanismos (que chamam por aí de legitimadores ou tais) estão aí e mantêm a marcha, desde que o mundo é mundo e tem livros com que se preocupar. Um iniciante geralmente vai em busca de um(a) fiador(a) relevante, que o/a ajude a se destacar ou ao menos a convencer os resenhistas e os colegas de labuta. É uma espécie de QI (quem indica) literário e que não tem demérito por existir. Qual é o problema de dizer que alguém é promissor ou que vale a pena prestar atenção?

Meu incômodo é quando sobra. Sobra prefácio, posfácio, orelha e falta miolo. Quando há tanto o que ler antes e depois que nossas expectativas ficam altas demais para pouco material. Livros feitos com tantos paratextos que nos fazem desconfiar de suas possibilidades: precisam falar tanto assim? Livros que vêm com trechos da fortuna crítica em jornais e revistas, livros excessivamente cercados, livros em que o autor e/ou o editor juntam tudo o que há que possa testemunhar a genialidade do postulante a novo(a) escritor(a) canônico. Quando me parece demais, a santa desconfia. Mas não quero pisar no calo dos(as) colegas. Já fiz isso. Já encomendei prefácio chique, já pedi ajuda de celebridade, já recortei matérias de jornais em que diziam como eu era interessante e como minha poesia era sagaz. Nunca adiantou muito. É claro que um ou outro reparou nos links, na network, mas nada disso me fez passar de uma promessa. E ainda estou com sorte: alguns não passam de mentiras.

Há certas editoras que têm tanta bala na agulha que podem inventar autores. Elegem um ou uma para ser o próximo "melhor romancista do século" e executam uma campanha de convencimento bastante efetiva. Já vi matéria em revista sobre livro de autor iniciante que ainda nem tinha sido lançado... mas já era o gênio do milênio. Mesmo com toda essa força de marketing e de mercadão, não há controle sobre o que realmente ocorrerá a um(a) autor(a) ou a um livro. Todo esforço pode ser vão.

Li alguns livros de poesia nos últimos meses, um ou dois romances, um livro de contos e outro de crônicas. A maioria de editoras pequenas, muitas fora do eixão-mais-do-mesmo. A ideia é ser afetada pela diversidade que há e pelo que acontece, fervilha, em todos os cantos do país. A ideia é também falar do que precisa ser visto e falado; deixar o que e quem não precisa por conta dos que só enxergam o metro adiante. Em vários casos, paratextos levantam autores e obras, a ver se alguém corta e faz ponto. Nem sempre acontecerá. Na maioria dos casos, não. Em alguns deles, o excesso de fiadores torna o livro pretensioso, o que pode não cair bem.

A pretensão ou a presunção podem estar na linguagem de uma obra, mas também na sua apresentação, na forma como ela vem ao mundo, rodeada de padrinhos e madrinhas de maior ou menor capital simbólico. Em alguns casos, nomes regionais; em outros, figuras amplamente conhecidas. E essas escolhas vão afetar um livro para sempre. Conheço quem opte sempre por publicar livros "secos", despidos de quaisquer paratextos que os distorçam ou emoldurem; conheço quem prefira ser apresentado(a), convidando professores, críticos e outros escritores(as) a entregar o texto ao(à) leitor(a); e conheço quem tenha tomado decisões erradas, erradíssimas, e tenha sido marcado de tal forma que o que era para ser um texto fiador ou de apresentação se transformou em um estigma.

Mas quando é que um livro diz por si mesmo? O que é a mínima existência de um livro e de seu(sua) autor(a)? Ter uma editora X ou Y já envolvem aval, fiança, confiança. E não ter nada? Ou ter em excesso? Esse "mercado" já foi tema de muitos poemas, de maneira irônica ou não, e continuará sendo. Sorte de quem se apoia nos elementos certos, na justa medida de um bom livro.

A POMBA GÍRIA

Eu não sei direito o que é uma gíria, morou? Mas eu sei usá-las, saca? E eu talvez tenha a manha de empregá-las do jeito certo, porque isso é uma arte. Não é assim de qualquer jeito, pá pum. É algo que exige uma ciência. E por que será que a gíria é tão desprezada? Disse o querido escritor Leo Cunha que a gíria virou a pomba gíria.

Dia desses, contei que fui a uma reunião de escola em que uma mãe zelosa pediu a palavra para banir a gíria. É arriscado, mas muita gente acha que está fazendo a melhor coisa do mundo, especialmente na criação dos filhos. Até aí, tudo bem. É até bom ter fé nisso, cara, para criar uma segurança necessária ao andamento da vida. Mas ó: querer que todos e a escola façam o mesmo já fica pesado, não?

A dita mãe – falante de um português castiço e mal lavado – tinha a seguinte teoria sobre a linguagem: a gíria atrapalha a criança no desenvolvimento dos textos, ao longo da vida. É bem parecida com uma teoria, aliás, sobre o uso desbragado do internetês pelos jovens antenados e conectados. Todas teorias furadas.

Mas, vez ou outra, gosto de ouvir as teorias sobre tudo das pessoas. Acho divertido. E tenho cá as minhas, não menos amalucadas. Mas de linguagens e textos eu entendo. Digo isso porque há quem diga que entende de cálculo, de estômago, de dente e de tantas outras coisas. Por que não posso dizer que tenho minhas sapiências? É proibido? Logo eu cá, que me formei nesse negócio?

Bom, a mãe queria banir a gíria. Fiquei com pena. Das duas. Já pensou? Controlar uma criança que interage no mundo, dessa maneira? Sei não.

Acho mais interessante quando a criança (ou quem for) tem opção e entende que as tem; isto é, quando a pessoa tem uma coleção de possibilidades expressivas e sabe usá-las. A gíria, certamente, faz parte disso.

Conheço um garoto de 10 anos que andou dando demonstração dessa sabideza. Certa vez, diante do Facebook, ele mostrava um vídeo divertido à mãe. Ela, que também está nas redes sociais, pediu que o guri a marcasse na publicação. O garoto, do alto de sua sapiência linguajeira, escreveu assim: "mãe, pra vc", ali no campo dos comentários. E marcou a mãe, que espiava a operação por trás dos ombros do garoto. Antes que ela dissesse qualquer coisa a respeito do "vc", e ele intuía que ela diria, o carinha já se adiantou: "ó, mãe, eu sei que aqui no Facebook isso pode". O que está absolutamente certo, minha gente!

É disso que estou falando. É de jogo de cintura, coisa que é muito necessário se ter na linguagem (como na vida). Estou falando de quando a gente escolhe um jeito de dizer, de quando alguém diz "não dê a notícia assim, é muito impactante", e você formula de outro jeito: faleceu, morreu, bateu as botas, passou desta pra melhor, foi comer capim pela raiz e assim vai. Estou falando de quando as pessoas mudam seu linguajar conforme o grupo de que participam ou conforme a cena em que se encontram: na reunião, na entrevista de emprego, no boteco ou em família. É isso. É esse jogo, tão importante, que faz a linguagem ser a roupa que a gente usa, conforme a ocasião.

Tem tanto livro que trata bonitamente disso! Tem tanto professor que sabe das coisas. Tem tanta gíria linda. E todo mundo intui que a gíria entra e sai da moda. Fazia um tempo, por exemplo, que eu não ouvia o "bacana". E agora ela anda aí com toda a vivacidade. Daqui a pouco, pede um descanso de novo. E aquele "morou", lá no início do texto? Essa é velha, teve sua época, e nem era a minha. É empregada em uma propaganda de ótica, aqui pros lados de Minas Gerais. E só. E o "véi", da moçada? E o "broto", que ninguém usa? E chamar o Fábio Júnior de "pão"? Poxa, qual é o problema, galera? Eu não estou dizendo que a gente precisa usar gíria sem parar; mas que a gíria é um recurso pra ser usado na hora certa.

O que atrapalha as pessoas é elas não saberem que dispõem da linguagem para todos os seus afazeres, em todas as cores. Ficam limitadas, sem opção. E aí, sim, seus textos estarão prejudicados – ou zoados – para sempre, tá ligado?

12 TIPOS DE CLIENTE DO REVISOR DE TEXTOS

Vira e mexe, topo com um texto sobre como fazer revisão de textos. Em sua maioria, são dicas sobre questões gramaticais. Raramente abordam aspectos discursivos, mais amplos. Vão, quase sempre, da gramática normativa ao "causo" sobre um serviço. E me divirto com ambos.

Dia desses mesmo tive de procurar uma dica sobre hífen e prefixos em português. Outra hora bateu uma dúvida em inglês e mandei ver no tradutor do Google. Na verdade, a dúvida era de pronúncia. Pus aquela vozinha de robô para dizer como falar. Tecnologia me dá muita alegria, de vez em quando. Recebi um link de um blog e corri lá para ver. Eram dicas de como pontuar enumerações. Achei bonitinho e didático, mas faltavam exemplos. Quem, meu Deus, trabalha sem exemplos?

Vez ou outra, sou invadida por lembranças das aulas de Português do colégio. Deve ser porque a professora faleceu outro dia e me deu um baixo astral danado. Ela era ótima em gramática. Nunca esqueci algumas frases dela e os exemplos, muitos, vários, em profusão. Achava-a incrível porque era autora de apostilas de cursinho. E sucumbi quando ela me ensinou sobre "estada/estadia" e sobre "cada". Nunca mais isso saiu da minha cabeça.

Mas fazer revisão não depende só de saber gramática. Fui ver isso depois de adulta, já enfiada na profissão. Sim, é profissão! Tem uns caras que são pagos para ler os textos alheios. Precisam saber gramática, é claro, mas às vezes precisam ignorá-la. Também precisam ser discretos e cordiais. Dá uma vontade danada de xingar, mas não pode. E nesse sentido tenho minha ídola. Revisora experiente de uma editora mineira, minha revisora-modelo escrevia impropérios impensáveis para os autores, nas margens dos trabalhos. A gente morria de rir, de dar dor de barriga, mas tinha de apagar tudo antes que o autor visse aquilo. Era de "que anta!" para baixo. E a gente se esbaldava quando vinha um sonoro "Pelo amor de Deus!" diante de alguma frase. Mas ela também já morreu.

Revisor morre de quê? De desgosto? Não, não. Revisor morre de tédio, de cansaço, de estresse, de arrependimento por ter perdido o churrasco, o Natal, o Carnaval e o próprio casamento. É que prazo é prazo. E os outros só se lembram do revisor no final.

Bom, mas tem a vingança do revisor. Do mesmo jeito que vão dizer por aí que tem revisor que é gramatiqueiro, revisor permissivo, revisor poeta, revisor intrometido, revisor omisso, revisor incompetente, revisor-autor-frustrado, revisor picuinha, revisor isto e aquilo, nós também podemos arriscar umas categorias de "cliente". Vamos lá:

Mister/miss simpatia

Tem um tipo de cliente que é bacana demais. Começa com uma abordagem correta, simpática, respeitosa. Entrega o trabalho para revisão dentro do prazo combinado. Desconsidera finais de semana e dá um prazo humanamente razoável ao revisor. Não enche o saco durante a revisão e termina pagando full, no dia da entrega. Se bobear, envia comprovante por Whatsapp. Esse é pra casar. Mas nem sempre é assim.

Cliente volátil

Este começa bem e termina sem terminar. Aborda, pergunta, orça, envia trecho para a gente avaliar, combina prazo e, de repente, some. Dissolve no ar. Deixa a gente à beira do caminho, inclusive depois de ter recusado outro trampo por conta do compromisso. Como adivinhar?

Caloteiro

Acredite se quiser, ele existe mas é raro. Este campo do livro, da revista, das teses e da revisão de textos não tem tanto cliente deste tipo. Em 20 anos de profissão, não passei nem duas vezes por esta agrura. Mas é preciso estar atento. Nem todo intelectual vai pagar. Imagina: você aceita o serviço, se mata de revisar, dia e noite, cumpre o prazo e o cara não paga. É dureza total.

Desconfiado dos infernos

Este tipo é bem comum. Ele aborda o revisor, faz orçamento, envia trechos, combina prazos, não chora preço, é tudo muito razoável. Mas aí, quando você entrega o serviço ou alguma etapa, ele quer se sentar ao seu lado e receber explicações – e aulas aprofundadas – de cada mudança que você fez no texto. Tudo, tudo. E aí ele começa a desafiar você, traz a gramática que ele usou na sétima série, consulta sites no celular, discute a regra ou o padrão. Não acredita de jeito nenhum na sua competência 100%. E você precisa ser cortês, andar na linha, porque queimar o filme, nesta seara, é ficar sem serviço por um tempo.

Marty McFly

Saudade de "De volta para o futuro"? De andar de Delorean? Então arranje um cliente como este. O cara – ou a fulana – chega junto, pede orçamento, combina tudo, ajeita o esquema com você, leva o serviço e paga. Mas aí, um mês depois, ela vem dizendo que ficou na dúvida, que a banca comentou e tal e que se você não pode "dar uma olhada de novo", isto é, ela volta do futuro ao passado e quer pagar uma vez só. Pois é. E dá-lhe cordialidade. É claro que se houver alguma falha mesmo, vale dar uma conferida. Mas e quando não?

Chorão

Este cliente já dá pra prever. Cumpre o protocolo todinho de aproximação com o revisor. Normalmente, as pessoas chegam por indicação, querem seu serviço porque ouviram dizer algo positivo. É, de fato, uma profissão de confiança (tem gente que não prega um bilhete na geladeira sem consultar o revisor preferido). Mas daí começa a avacalhação: prazo apertado, correria total, revisão feita, entrega, gol. Na hora de resolver o orçamento, o cliente quer desconto, quer pagar menos, quer dividido em dez vezes. Eu já tenho resposta pronta para isso: meu prazo de recebimento é na mesma rapidez com que fiz a revisão. Os prazos apertados também demandam pagamentos a jato.

Desnecessário

Abram alas, este tipo é meu preferido. Nem sempre ele fecha negócio, às vezes ele se confunde com o Desconfiado, mas não é. É melhor. Este é o autor/escritor que já sabe tudo. Ele liga e diz assim que eu não terei trabalho algum, que ele escreve muito bem, que sempre foi elogiadíssimo nas redações da escola, que está te ligando só porque a instituição exige, que nem precisava, mas que né... E você já sabe. É como se, salvando a proporção, você chegasse ao médico ou ao dentista já dizendo o dignóstico, o prognóstico e que o tratamento é uma grande bobagem. Revisor não mata ninguém, ainda bem. Daí você se ajoelha diante de tamanho talento, aceita fazer um serviço desnecessário e fica até culpado por cobrar a paga. Que honra, afinal.

Desgraçado sem cura

Sem ironia, eu me enganei. O melhor de trabalhar é este. Geralmente, sem estereótipos, ele é da área de exatas. (Muito raro um cara de humanas dizer coisas assim... ou assumi-las, especialmente os do Direito.) A figura liga, chega, orça e fica um tempão alertando a gente sobre quão péssimo o texto dele é. Diz que nunca soube escrever, que odeia Português, que se deu mal a vida toda, que não sabe como passou no vestibular, que não tem ideia de como conseguiu chegar ao fim da tese, que vou sofrer muito, que meu trabalho deve ser um inferno. Bom, o Saramago pescou isso no livro A *história do cerco de Lisboa*. O revisor é mesmo um coitado que lê coisas que não mereceriam ser lidas nem uma vez. Mas acontece muita alegria também.

Atrasadinho

O cliente em foco tem problemas com o tempo. Já se aproxima dizendo que, pelo amor de Deus, só tem mais dois ou três dias. Tá. E eu? Que me dane, né? Tem uma tal de taxa de urgência que serve pra esses casos. Mas quem tem coragem de cobrar? Vamos lá. Negócios são negócios.

Compulsivo

Este cara me enche mesmo a paciência. A gente explica pra ele que a revisão é a última etapa da edição. Escreve tudo, termina e só me entrega depois. Se você mexer no texto depois da revisão, eu não me responsabilizo, ok? Mas ele mexe. Ele não aguenta. Ele não está seguro. Ele quer escrever mais e melhor. E fica enviando novas versões enquanto eu trabalho. E me dá ódio renovado a cada versão que chega. Pô, vou ter de voltar? Repassar para o outro arquivo? Retrabalhar? Pois é. Alguém pare esse maluco!

Licenciado

Mais um, mais um. O cara que tem licença poética para tudo. Qualquer maluquice que ele escrever será categorizada como "licença". Há quem seja até mais sofisticado e venha com o argumento do "neologismo", "produtividade linguística". #tamojunto, brô. Tem hora que não dá.

Revisor do revisor

Mas desculpem se pareci arrogante. Ninguém é perfeito e o revisor não seria uma exceção. Revisores erram, revisores nem sempre são bons redatores (creiam!), revisores precisam de revisores. O bom é que, quando a gente trabalha em uma área, tem sempre colegas de profissão. Aí a gente liga e diz assim: "Cara, dá uma olhadinha pra mim?". E tenta um escambo, para não ter de pagar. :P

PS: clientes, podem vir. Este texto é pura diversão.

TRELIÇAS BEM TRANÇADAS

Não era fácil vê-los. Sabe aquelas estantes de madeira que têm portas de ripas trançadinhas? São portas de treliça e eram assim as que abrigavam os poucos livros que tínhamos em casa. Era mania da minha mãe: guardar tudo, tudinho, até biscoito. Chavear tudo. Toda prateleira tinha uma porta; toda porta tinha uma chave; toda chave tinha um ganchinho de pôr cadeado; todo cadeado era fechado; e os molhos de chaves pareciam arbustos cheios de galhos. Era assim a estante onde alguns livros ficavam guardados. Pela fresta estreita, na verdade uns quadradinhos, dava para ver algumas lombadas, nem sempre dava para ler o título.

Um lance de escadas abaixo, ficava uma outra estante, esta toda aberta, de prateleiras aeradas, com uma porção de gavetinhas pequeninas sob uma dezena ou duas de livrões, dos de capa dura, muitas folhas e fotografias de gente doente. Eram esses os livros de trabalho do meu pai, que a gente abria escondido para ver peles horrorosas, crianças horrendas e nomes difíceis de pronunciar.

Não havia outros livros em casa, em parte alguma. Não havia um cômodo com o nome de "biblioteca" e nem um espaço dedicado à leitura, propriamente. Havia, sim, um lugar que chamávamos de "escritório", mas ele se misturava a outras coisas e funções, como um quarto ou uma sala de música.

Nesse mesmo cômodo misto, havia uma outra estante, que, com o tempo, foi se enchendo de enciclopédias desatualizadas e de CDs. Foram ficando ali os livros que usávamos nas pesquisas de escola, tão malfeitas e tão comuns. Era só copiar alguma coisa, por nome na capa, grampear e levar para a professora. Chamavam a isso de "pesquisa". Longe de ser verdade. E pior: acho que não mudou muito. Hoje é até mais fácil copiar e colar, imprimir, pôr nome na capa e levar em papel A4. O que precisa mesmo... não mudou tanto.

Lembro-me de sentir um pouco de inveja ao ouvir um amigo dizer, para todo lado a que ia, que tinha em casa, quando criança, um cômodo chamado "biblioteca". E eu logo imaginava um lugar lindo, atrás de um portal meio mágico, que era possível atravessar e sentir-se bem e inteligente lá dentro. Para compensar, certa vez ouvi uma amiga dizer, com o maior orgulho, que jogava fora todos os livros que encontrava em casa. "Minha casa não é depósito, não é biblioteca." Assim mesmo, como se fosse terrível ter esses volumes em casa, disponíveis, gastando espaço de sei lá o quê.

Pelas frestas da madeira treliçada, eu sentia um enorme desejo de folhear aquelas obras que estavam ali. Eu sabia que não eram literárias nem nada. Eram, provavelmente, tratados de sociologia ou alguma antropologia, mas me despertavam para a leitura. Sem chance. Ninguém sabe onde fica a chave? Será que era para não ficarmos subversivos? Bem capaz. Ou era apenas mania de trancamento? Onde já se viu livro sequestrado? Cárcere privado. E nós... alheios, alienados.

Um dia, pensei comigo, bem decididamente: vou ter uma biblioteca minha, com os livros do meu desejo. E eu sabia, não sei como, que esse era um trabalho de resultados lentos, bem lentos. Podia chamar de "investimento", algo assim, coisas que valem muito e que rendem bastante. Era o que eu pensava, sem nenhuma metáfora econômica. Mas não sei, tristemente, qual foi o primeiro item desse empreendimento. Não me lembro dos livros que comecei a juntar e nem em que lugar eles foram parar. Talvez eu tenha começado pelos volumes que a escola mandou ler e que minha mãe achou por bem comprar. Isso, sim, ela fazia com gosto, sem pestanejar. Um, dois, cinco. Ficavam sob minha guarda os meus e os dos meus irmãos, que davam menos importância às aquisições. Nem notavam quando eu catava cada título e juntava a outros, como numa coleção, salvando o mundo. Nem reivindicavam posse nem nada. E eu ficava bem feliz.

Juntando assim e depois comprando outros em sebos, com o dinheiro do lanche, é que começou a se formar uma biblioteca. Modesta, é claro, mas já era uma. Sem escadarias e tapetes e estantes imponentes, mas era sim. E com o tempo, sabe-se lá quanto, acabei adquirindo uma estante. Oh, uma estante! Era dessas de metal, abertas, onde os livros cabem e de que as traças não gostam. Ficou ali, num espaço do quarto de dormir, como um esqueleto deslocado, perto da cama e de uma mesinha. Uma estante, que foi ficando pouca, pequena, insuficiente, com livros em fila dupla e outros deitados por cima dos que estavam de pé. Livros que pediram uma outra estante, também preta, só que mais estreita, onde os livros fizeram novas filas e pareciam se reproduzir. Era isso mesmo, não era? Não é assim que se forma uma biblioteca?

Com o passar dos anos, esses livros e essas estantes foram tomando o espaço de tudo, quase expulsando a cama, os outros objetos, e os textos que esses livros carregavam foram ocupando a minha cabeça e eu fui ficando misturada com a biblioteca, a pequena biblioteca, e fui me sentindo parte dela e ela, parte de mim. Não é assim?

Repare: começou com uma curiosidade, depois virou um desejo, daí passou a um projeto e então tomou uma proporção tal que ocupou toda a minha vida. Os livros que eu li se mexem dentro da minha cabeça, dão asas à minha imaginação, enfeitam meus pensamentos, mas também me dão ideias para uns livros que eu comecei a fazer. Ah, sim, uma hora eu comecei a querer fazer meus próprios livros. E eles vão ficando em estantes na minha casa, mas também nas casas dos outros, de gente que eu nem conheço. E o que eu posso desejar? Que outras crianças fiquem curiosas, desejosas e que queiram também se misturar aos livros, bem misturadas.

A DIFÍCIL ARTE DE SABER MAIS UM POUCO

Fico particularmente feliz quando alguém me pede a indicação de um livro. Só não fico mais satisfeita porque talvez eu tenha de emprestar meu exemplar, algo que me dói bastante. Em um ou outro caso, tenho dois volumes, justamente para dividir meu sofrimento e reduzir as chances de ficar sem minha querida edição, comprada com carinho e carimbada com meus dados. Sou do tipo que manda fazer *ex-libris* e que grava umas páginas com carimbo seco. Chiqueza ciumenta, amor pelas palavras.

Mas um dia, uma pessoa próxima espiou minha estante de livros e topou lá com *A história da riqueza do homem*, de Leo Huberman. Era um volume amarelado e empoeirado, lido durante o ensino médio, quando fazíamos História com um professor que não nos subestimava. O livro estava ali, misturado a outros adquiridos na mesma época. O amigo pediu emprestado, disse que leria logo, prometeu devolver – o que cumpriu – e levou meu volume.

Leu. Foi até rápido, deu pouca notícia, mas comentou, vez ou outra, que gostara de saber umas coisas, que fazia certas conexões com o mundo de hoje, com sua profissão, com as questões da terra na atualidade, etc. Considerou a leitura de bom proveito e me agradeceu pela oportunidade de ler o título. Fiquei feliz com esta chance. Gosto mesmo de ir semeando, numa metáfora do plantar/colher bastante fértil.

Mas daí que a leitura findou, as páginas acabaram e o amigo sentiu-se apto a ler mais um. Uma lindeza essa história de gostar de algo e querer mais. Viciante mesmo. Fiquei especialmente feliz com o desejo de continuar. Vamos lá, passeie pela estante novamente, quem sabe há algo mais? O amigo espiou os volumes vizinhos do livro de Huberman. Pensou que talvez o critério ali fosse o tipo, a categoria, o tema. Estava errado. Era só a época em que li as edições, mas estava tudo bem. E depois de sentir-se perdido, numa espécie de labirinto de oportunidades, o amigo me pediu sugestão.

É difícil dar sugestão. Ler é coisa particular. Mas também é coletiva. Quando ler depende de gosto pessoal, fica tudo muito melindroso. Mas eu poderia tentar. Conhecia o amigo razoavelmente e vinha cá com a experiência recente de ele ter gostado de um livro de história. Da riqueza. E dos homens. Então ousei. Bom, na mesma época da escola, li Galeano. Lemos *As veias abertas da América Latina*, obra da qual não pude sair a mesma. E lasquei a sugestão no amigo.

Ele levou o livro – prometendo devolver, o que também cumpriu. Só que, desta vez, foi muito mais rápido. Devolveu-me um livro quase a atirá-lo em minha cara. Disse ali uns xingamentos, como que a me censurar por ter indicado algo como aquilo. Fui apurar e descobri o que havia acontecido: o amigo não tolerou. Mal conseguiu passar ali das primeiras páginas, achou o autor um maluco, avaliou o texto como "de esquerda", olhou, olhou e não se enxergou ali. Mas, por outro lado, não quis olhar o que não fosse sua própria cara. Xingou. Devolveu como se tivesse vírus. Tirou de circulação, antes que os filhos vissem. Disse que era um absurdo ler aquilo. E não quis mais ler nada da minha estante.

Bem, eu não me ofendi. Na minha estante tem isto e aquilo, tem de tudo, tem pra lá e pra cá. Minha estante balança. Minha estante é um mundo – inteiro, e não de um lado só das coisas. Minha estante tem pra gregos & troianos. E eu fiquei mesmo foi com pena das pessoas que não conseguem sequer conhecer um pouquinho das sabedorias dos outros. Quem são eles? O que eles pensam? Por que não pensam como eu? Por que são diferentes? Por que sou diferente deles? Qual é a lógica deles? Nem isso. Imagina se alguém assim pode aprender? Aprender é um movimento pendular. Aprender depende de sair um pouco de si e espiar lá, onde nunca estive, para, quem sabe, voltar. Ou não voltar. Aprender é um movimento, antes de tudo. Aprender é um balanço entre uma coisa que eu sabia e outra, que eu não sabia. Às vezes, ainda, uma outra coisa que eu achava que sabia, mas não. Ou uma coisa que eu nem sabia que sabia. Aprender pede tino, tato, um pouco de calma, esforço. Não é sempre lúdico, como querem alguns. Aprender às vezes mexe com coisas enferrujadas, demove, arranha ou arrasta. Aprender pode ser desconfortável, incômodo. Imagina dar-se conta de que não se sabia nada direito? É um horror, para um adulto maduro e formado. Mas se você não pode nem sequer ler...

Eu fiz um esforço mínimo – porque conhecia um pouco a teimosia e a dureza do amigo – para convencê-lo a continuar com o Galeano. Disse a ele que, talvez, fosse interessante ler aquele livro até o fim, conhecer algo daquela história ali, sob aquele ponto de vista. Livro famoso, dezenas de edições, milhares de citações. Vamos ver então? O que será que ele guarda? Mas o amigo não quis. Não quis nem saber – não é essa a expressão?

Alguns dos meus parentes diziam que "saber mais não ocupa espaço". Há uma ou duas frases parecidas com essa. Saber mais é lucro. Mas o que eu fico pensando é que saber mais talvez nos leve a escolher com um pouco mais de informação. Pra que serve tanta informação, tanto relatório, tanto número, tanto texto? Pra tomar decisões. É pra isso que serve saber isto e aquilo. E, mesmo assim, não há garantias sobre perfeição, acerto e precisão.

Eu lamento os amigos que não querem nem saber. Eu lamento crianças que já convivam com isso. Ler – em que dispositivo for – é uma chance de saber mais sobre algo. Ler Galeano ou ler Huberman, ler um teco de Hobsbawm ou um tico de Arendt pode ajudar a balancear melhor as ideias, seja para ir, seja para voltar. Mas, para voltar, é preciso ter ido, para escolher, é preciso ter enxergado, ao menos, dois lados, senão mais.

PARA QUE SERVE A POESIA?

A pergunta não se cala, assim como o texto não silencia nunca. Em muitas ocasiões, a pergunta surge, ora com ar de curiosidade mesmo, ora com jeito de desafio. Quem disse que pergunta é só pergunta? Geralmente, não é. Deviam ensinar, desde a escolinha, que interrogação não sinaliza só questionamento. Pergunta também serve para provocar, para desestabilizar e para sugerir. Até para ofender. Pergunta redimensiona, alerta e contém. Pergunta rejunta. Pergunta separa. Pergunta perturba. O que quer quem pergunta? É o que devemos perguntar. E quem pergunta para que serve a poesia? O que quer? Depende.

Um escritor novato esteve às voltas com a dificuldade de publicar. Anterior a isso é a dificuldade de escrever. Mas de desafio também é feita a literatura, desde o começo. O escritor novato, então, sente um certo desânimo e passa a se perguntar sobre a serventia das coisas. Que lógica é essa? É que há uns elementos no mundo que já nascem com essa resposta na ponta da língua. Para que serve o pente? Para pentear os cabelos, se você os tiver, diria o careca. Para que serve a luva? Para proteger as mãos. Do frio, diria o esquimó; dos cortes, diria o mecânico; do asfalto, diria o motoqueiro. Para que serve a chave de fenda? Para atarrachar e desatarrachar parafusos, mas apenas os que têm na cabeça uma fenda. Há outros para outras chaves, diria o especialista. E aí vem minha avó dizer que usou chave de fenda para abrir tampa de vidro de azeitona. A empregada disse que fez uso da chave para desentupir um buraco ou para limpar uma greta. Vai ficando difícil dizer, ao certo, para que serve uma coisa qualquer.

Para que serve a poesia?, pergunta o escritor novato. Eu poderia, risonhamente, responder a ele, com jeito incentivador, que "para nos dar trabalho". E não me referiria exatamente ao trabalho como ocupação, como labor pelo qual eu deveria receber dinheiro ou bater ponto, mas ao trabalho no sentido do custoso, da peleja, do esforço. Uma espécie de nadar contra a corrente, que é cada vez mais viciada.

Vem o gestor de cultura e pergunta para que serve a poesia? Ele provavelmente, se for um pouco inteligente, não perguntará isso de qualquer jeito, a qualquer um. Talvez prefira o recinto fechado e o secretário puxa-saco. Vão dizer: a poesia não serve para nada, meu caro colega. Mas é preciso mostrar aquele verniz. Poesia é verniz, e dos bons. Faz brilho em quem parece sabê-la. Poesia não abre lata e nem limpa pia. Poesia não penteia, não desparafusa e não guarda presunto. Poesia não esquenta água nem esfria cerveja. Poesia não liga e desliga.

 Mas a garota inteligente vai dizer assim aos queridos colegas que, sim, é preciso saber metáfora para entender um pouco melhor o que pode fazer a poesia. Poesia acende e esquenta, ela dirá a ele, olhando-o nos olhos. Sabe por que um país se apaga do mapa? Porque seus cidadãos não vêm luz em nada. Quando eles usam a inteligência, pode ser que fiquem mais possantes. Mas não usarão enquanto não puderem se entender e se expressar. A poesia alerta, incendeia, clareia. Se alguém é capaz do espanto, gostará da poesia de um e de outro. A poesia perturba. Não sei se é uma experiência comum, mas é forte. O leitor lê um poema e sente, de verdade, um mal-estar. Um aperto, um susto, um descompasso. E faz perguntas, daquelas de desestabilizar: será? Mas será? Mas é isso? E quando o leitor começa a se ligar? É isto! É isto! E consegue compreender que há uma coisa chamada identificação.

A poesia pode tratar do mundo. Mas não desse mundo das chaves e dos pentes – embora também o possa. Conheço poeta que fala de mesa, de cadeira e de lápis. No entanto, nessa poesia, as coisas não são só elas e nem apenas o que parecem. As coisas extrapolam olhares restritos. A poesia serve também para isso. A poesia ressignifica o que parecia estar quieto ali, sem grandes afetações, por uma vida inteira.

O que seria o amor, sem a descrição poética? O amor serve para quê? Diríamos, talvez, em uníssono: "para nos dar trabalho". Pode ser. Às vezes, não é. Para que servem os filhos? Depende. Para nos arrimar, para trazer chinelo, para resolver nossas vidas mal resolvidas, para dar preocupação, para dar beijo. Há coisas que se formam de uma complexidade de serventias tão, mas tão grande, que nós preferimos não questioná-las.

Para que serve a literatura? Para nada. Se nao serve para nada, por que a perseguem? Por que ela precisa ser limpinha e corretinha para adentrar a escola? Por que ela precisa ser inocente para ser comprada pelos editais públicos? Por que ela precisa ser ecológica para ser tratada em aula? Por que ela precisa ser evitada? Por que ela precisa ser regulada, em termos de idade, temas, registros de linguagem? Deve ser porque ela não serve para nada.

Eu fiquei brava, dia desses, porque a escola indicou um livro no "projeto literário". Quando li, junto com meu filho, fui torcendo o nariz para aqueles ensinamentos sobre efeito estufa. Era tudo, servia para muita coisa, sem dúvida, mas não era literatura. Não era arte, não era nada. Que fosse para o projeto ecológico, para o projeto de ciências, para outra coisa. Não podia estar no projeto literário. Assim, meu filho não saberá nunca o que é literatura e como ela é perturbadora. Prefiro, quando for o caso, que ele leia Ignácio de Loyola Brandão ou outro que possa tratar das mazelas do mundo por meio da arte, que serve, podemos dizer, para acender, aquecer e perturbar.

Uma vez, na escola, li um poema que me bateu. Chocou-me ao ponto de eu paralisar a leitura e não conseguir retomá-la, por um tempo. O poema me varreu do meu lugar, me sugou, me empurrou – para frente. Com algumas poucas palavras, o poema me derrubou. Mas derrubou e me deu as mãos, em seguida. Eu me levantei mais forte. Não tinha palavrão, não falava de morte, não era um poema assassino nem prostituto. Não precisava ser, mas poderia ter sido. Era um poema bom, com o qual eu me identificava, naquele momento. Era um poema que me dizia coisas que ninguém diria. Porque muitas coisas importantes e interessantes estão escritas e não serão ditas. A poesia me demoveu ou me convenceu. Pode ser que eu use um poema para conquistar, para ofender e para ensinar. Pode ser que não. É que a poesia é palavra. E a palavra, bom, parece que serve para tudo neste mundo.

QUE TAL FINGIR-SE DE CÉU?

Exceto por um ou outro aí que não se satisfazem com isso ou que têm uma performance mais *blasé*, todo autor quer ter leitores. E mais: leitor fiel, leitor cascudo, desses que compram livros, fazem coleção e não emprestam. Ou emprestam sob ameaça. Melhor: leitor que compra dois livros, sendo um para si e outro para emprestar. Leitor-consumidor, esse tipo raro, quase extinto, conforme dizem uns; ainda por nascer no Brasil, segundo outros. Acho que sou dessa ala que olha o copo de água sempre meio vazio. É que há muito por fazer. E a culpa não é (só) do leitor. A culpa é da cadeia toda e da história editorial e educacional do país. Ou não, como diriam certos filósofos. Como aliciar leitores? Como iniciar contato com eles? Onde estão? Onde vivem? Como se reproduzem? Pauta para o Globo Repórter, cumpade.

Meu exemplo não serve para muita coisa, mas vai que alguém se identifica com minha trajetória de formação como leitora? Se não tinha livro em casa, eu pegava emprestado. Não sei de onde vem essa mania. Meus pais não eram de ler, mas também não eram de negar leitura a ninguém. Fui formando lá minha bibliotequinha básica e a tenho até hoje. Se tinha biblioteca na escola, eu aproveitava o gancho. Se o professor mandava ler, eu lia – lia às vezes sem gosto, mas lia. É que eu achava que precisava ler até pra falar mal. Tinha certa ética nisso: não falar do que não sei. Se tinha lista de livros do vestibular – isso foi meio extinto pelo Enem –, eu prestava atenção e anotava uns nomes, uns títulos. Não havia ainda Google, mas eu pesquisava. Quem são esses? Devem ser bambambãs para estarem nessa lista, não? E pegava emprestado e lia.

Quando dava vontade de ter um livro, dessas vontades corrosivas, necessárias mesmo, eu parava de lanchar. Estudava em escola pública municipal e meus pais davam uns trocados pro lanche, todo dia. Eu parava de gastar as moedas, juntava, juntava, até dar rock. Quando fazia certo montante, eu ia até uma livraria no centro da cidade e adquiria. Às vezes era em sebo, outras, em saldão. Felicidade de estudante. Felicidade clandestina? E agora, Clarice? Fui conhecer vídeo com poesia depois de grande. Não tinha tanta parafernália naquela época. Como eu quis um videocassete! Mas meu pai era contra. Demorou a ter um. E quando teve, eu mexia, mexia, assistia e descobria coisas. Com um videocassete e uma câmera de mão, montei vídeos, pensei em roteiros, tudo sem um pingo de ideia do que estava fazendo. E até hoje é assim: um pingo de ideia.

Até hoje não sei muito da experimentação. É cada coisa linda demais da conta! Cada coisa encantadora. Dia desses, recebi o convite para os *Poemas de Brinquedo*, do Álvaro Garcia & cols. Olha, mas que trem! (é como dizemos aqui nas Minas). É claro que não chego a esse nível de sofisticação e nem a qualquer outro – clique, brinque, escolha! Mas que vontade de ver poesia voar em vídeo! Que vontade de gravar vozes. Que vontade de descolar do livro, só um pouquinho, e ou/ver poesia. Ou ver-ouvindo. Quem sabe se pode cativar um leitor via YouTube? Quem sabe? Poesia por um triz, em um clique. Será o que estava faltando? Três pílulas para vocês[*].

Espia, vai? O "Fronteiras", da mineira Adriane Garcia, feito em trio, e "Nem mais um minuto", tão contemplativo, ou mais este, "O balé", sobre... a leitura. Ah, a leitura. Finja-se de céu, se puder.

---

[*] Os vídeos estão em: http://www.sitio.art.br/poemas-de-brinquedo/#conteudo e http://www.youtube.com/v/iBU_pV_Riek e http://www.youtube.com/v/kNSasjGsl_8 e http://www.youtube.com/v/xErQb6Zeqnw

A BIBLIOTECÁRIA DE PLANTÃO

Era assim: eu planejava tudo, pensava em um jeito de os meninos curtirem livros e histórias, tirava-os de dentro daquela sala insossa, levava-os, em fila, para a biblioteca escolar e a moça nos atendia com cara de medrosa. Lá, eu dizia pra a gurizada explorar, escolher e capturar. Depois disso, que era tipo uma festa, eu pedia que eles lessem e curtissem. Simples assim: pegue, leve, abra, leia. Goste ou não. *Do it yourself*, que era meu lema para a leitura, a experiência da leitura. Tá. Mas aí eu fazia isso sob o olhar opressor daquela moça.

Eu não sei o nome dela. Não guardei ou não perguntei. Mas ela certamente tinha um. Eu não sabia que ela ficaria tão chateada por ver "sua" biblioteca tão remexida. Mas eu, que curtia livros – e não apenas guardá-los –, ficava meio sem graça com o incômodo da bibliotecária. Eu não sei se ela tinha formação para administrar aquele espaço, eu não sei quem era ela. E até queria saber. Mas eu sabia era que a considerava desajustada às funções daquele lugar.

Certa vez, ao levar a moçadinha pra lá e pedir que eles, de novo, explorassem, escolhessem e lessem, ela fez um bico de quem estava mais brava do que o normal. Eu continuei sorrindo de canto de boca pra ela. Mas eu sabia que vinha chumbo. Mais tarde, a diretora e dona da escola veio me chamar. "Olha, a Fulana disse que você leva os meninos para a biblioteca e eles tiram os livros do lugar." Se eu fosse aquela diretora, eu não ia ligar a mínima para aquela reclamação descabida. Mas, em todo caso, se fosse só uma questão de pegar livro e pôr de volta na estante, no lugarzinho e do jeitinho que estava, tudo bem. Vamos nos esforçar. E foi o que fizemos.

Mas a moça continuava triste com as nossas visitas. Continuava querendo me matar. Continuava amaldiçoando cada criança que explorava, escolhia e pegava um livro na estante. Estante, prateleira, organização, catalogação. Meu Deus, quanto caminho para se obter um livro! Quanto protocolo. Mas eu insisti. Eu enchi a paciência daquela moça por um tempão. E acho que ela não aprendeu nada com isso.

Mas ela me lembrava uma outra moça: a bibliotecária da escola onde eu estudei, por anos a fio. Na falta de uma professora ou de um professor gente boa para me levar até lá com meus colegas, eu mesma ia, mais ou menos sorrateira, na hora do recreio. A turma fazia planos para o vôlei ou para o lanche, mas eu dizia que ia ali e já voltava. Na verdade, eu passava pelo corredor de baixo, virava à direita, descia a escadinha lateral da cantina e entrava na portinha da biblioteca, no subsolo. Sim, não era uma bela biblioteca, como a da escola em que leciono hoje. Era uma espécie de porão, escuro, inclusive, onde livros velhos e livros de vestibular estava dispostos em prateleiras. A bibliotecária era uma moça de nariz adunco, pequena e simpática, que achava sempre curiosa a minha chegada. Ela dizia: "Por que você não vai pro recreio?", mas eu não sentia nenhum tom malicioso na pergunta dela. Era curiosidade mesmo. Era atípico uma adolescente preferir aquele beco às delícias do recreio, lá em cima. Eu, pra começar, não gostava de barulho e gritaria. Lembro-me dessa sensação desde a pré-escola. Mas a moça não queria me expulsar ou dizer pra eu não mexer nas prateleiras tão organizadinhas. Ela só queria saber de onde vinha aquele meu gosto pelo improvável.

De vez em quando, a moça pequena me ajudava. Eu ia pescando os livros pela fila que eles faziam uns com os outros. Não havia indicação prévia. Eu simplesmente explorava aquelas prateleiras pra ver se elas me diziam alguma coisa. E elas sempre diziam. E um livro puxava o outro, como numa teresa de fugir da prisão. E eu fazia isso quase todos os dias. Só de vez em quando, enquanto ainda estava lendo algum livro, eu não aparecia lá. Nesses dias, eu curtia a roda de violão do canto do pátio, perto do vestiário.

Eu achava os bibliotecários uns seres meio mágicos. Eu pensava: que trabalho paradisíaco será esse? Como essa pessoa conseguiu ter a função de tomar conta de uma biblioteca inteirinha? Que coisa linda, gente. Mas eu não tinha ideia de como chegar lá, a não ser comprando meus próprios livros, meu acervo. Ah, que palavra linda: acervo. Ainda teria o meu. E ele começou a ser formado naqueles anos, enquanto eu descobria e aproveitava o acervo público.

Imagine-se uma pessoa que gostasse de livros e pudesse ter, ao seu alcance, todos os dias, uma casa inteira cheia deles. A bibliotecária era invejável. Mas eu não queria livros apenas para guardar, organizar, catalogar. Eu queria livros para ler. Então não podia ser justo encontrar obstáculos à minha chegada ou à dos meus aluninhos.

Um dia, me disseram, que muitas bibliotecárias de escola não estavam onde queriam estar. Isso me deixou pesarosa por um tempo. Como pode? Contaram-me umas histórias terríveis de pessoas que ficaram doentes ou de pessoas que queriam sair da sala de aula. Essas pessoas chateadas eram "mandadas" ou "desviadas" para algumas bibliotecas, onde podiam se isolar. Que tristeza não estar onde se quer estar! E aí eu entendia o ar de castigo que uma das bibliotecárias tinha. Que sentido aquele lugar tinha para ela? Punição?

Não era assim com todos os bibliotecários. Certa vez, conheci uma moça, também em uma escola, que tinha o maior sorriso do mundo quando eu lhe chegava com doações. Ela abraçava os livros antes de colocá-los em cima da mesa. E eu sentia que ela era amorosa com eles, por isso eu doava para lá. Algumas pessoas defendem gatos, outras, cães. Eu defendo livros. Acho que eles têm de ser bem cuidados e bem cultivados. E essa moça me deixava sempre emocionada quando eu a via gostar daqueles objetos.

Certa vez, fui até lá, num dia de movimento, só para observar o que ela fazia enquanto as pessoas iam lá mexer, explorar, escolher, tirar do lugar. E eu via que ela se orgulhava, ela ficava numa alegria danada. E eu fiquei com meu coração bem tranquilo.

Uma coisa que me intrigava era que eu não via algumas dessas bibliotecárias lendo. Eu ficava pensando em como isso podia ser. Era como morrer de sede em frente a um tonel de água boa. Era um desperdício. Ah, como eu ia ficar sabida se eu tivesse de tomar conta de uma grande biblioteca. Eu ia, tenho certeza. E eu pensava: um bibliotecário precisa gostar disso, gostar de livros, gostar de textos, gostar de pessoas e ter um certo gostinho pela desorganização. Dessa forma, ele não vai sofrer quando as pessoas quiserem por vida naquele lugar de prateleiras cor de mate.

Até que, um dia desses, eu conheci um bibliotecário bagunceiro. Eu achei uma coisa tão engraçada que eu passei uns dias rindo daquelas moças que não gostavam de crianças indo ler na biblioteca. Eu sabia que o bibliotecário contava histórias e fazia os livros se moverem daqui para ali; ele lia os livros que ele guardava, então ele os conhecia e os fofocava para os leitores; e soube também que ele achava muito difícil pôr ordem nas coisas, e ele ainda me disse que achava muito tristes, quase mortas, as feiras de livros onde as pessoas não deixavam rastro, não passavam para mexer, pegar, ler e bagunçar. Foi aí que eu pensei que esse moço bem que podia ter estado em tudo quanto é canto onde eu fui levar minhas crianças, onde eu fui ler ou onde eu fui doar livros. Ah, como eu teria sido mais sabida com a ajuda de um desses!

COM QUANTOS EVENTOS LITERÁRIOS SE FAZ UMA CANOA?

Eventos literários. Estamos cheios deles. Não, não quero dizer "cheios" como quem diz exaustos, cansados, enjoados ou enojados – o que seria pior. Estamos com farta oferta, é isso. Muitos eventos literários pipocam aqui e ali, por todo lado, como deveria sempre ser. De norte a sul, e em todos os pontos cardeais, é possível ouvir falar de eventos literários, com profusão de convidados, horários, temas. Embora tais eventos nem sempre apresentem novidades... Para que serve, então, um evento literário?

Tenho um amigo poeta que pensa assim: o público mais amplo não conhece a literatura contemporânea. Quase tudo é inédito para todos. Sendo assim, penso – eu – que um evento literário sirva para que as pessoas menos ligadas às artes da palavra tenham a oportunidade de ver e ouvir escritores atuantes de que dificilmente ouvirão falar na grande mídia, na escola ou no boteco.

De fato, muita gente sentada na plateia do evento literário está ali para ouvir, pela primeira vez, algum autor já badalado, premiado e queridinho, mas apenas de um círculo concêntrico já ligado ao campo literário. E pode ser bem interessante. E pode ser até que algum livro se venda depois disso. E siga-se um autógrafo a um desconhecido recém-leitor. Strike! Afinal, a batalha não é essa?

Já outro amigo diz: mas os eventos precisam chover no molhado. O público mais amplo é chamado pelas coisas que já conhece e já lê. Pegar o autógrafo da celebridade literária (e me esforcei aqui para não pendurar aspas em algum termo) é já motivo suficiente para pintar naquele evento. Então vamos lá. Daí a mescla importante (e não é ironia) entre autores dos quais as pessoas nunca ouviram falar – a despeito de serem badalados & premiados – e autores conhecidos, com altas tiragens e vendagens ao longo do ano, inclusive os sem muita "literatura". Às vezes até frequentadores das listas de mais vendidos das revistas brasileiras – que não são promessas de listas literárias, são listas de mercado, ora, bolas.

Misturemos então o comercial e o não-comercial ou o artístico e o não-artístico. Será que é assim que funciona? Para muitos, é. Para outros, isso é uma grande bobagem e um enorme preconceito.

Nos anos 1990, lembro de passar por um evento acadêmico na Unicamp cujo tema era – e sempre é – a leitura. O debate começava a se abrir. A ideia era discutir, não sem polêmicas, esse papo de que a máxima repetidíssima de que "o brasileiro não lê" é um discurso, e não uma verdade absoluta; e um discurso que precisa ser combatido. A questão então era: o que é "ler"? O que o brasileiro lê, então? É que uns preconizam que a "verdadeira leitura" é essa das artes, da sofisticação, do cânone literário; outros pensam que é preciso buscar e conhecer as práticas de leitura reais, sociais, que ocupam mesmo as cabeceiras e as mochilas das pessoas. Pois não é que se o critério mudar... mudam também os números e as ideias?

Moçada lendo calhamaços aos montes, pedindo livro de Natal, trocando leituras com amigos, mas tudo "besteira". Enquanto isso, escritores de "alto padrão" fazem tiragens de 100 exemplares e ganham prêmios até robustos, mas sem serem amplamente lidos. Será que é uma espécie de compensação pelo que não venderão? E as livrarias? Quererão expor logo esses que ninguém conhece?

Lastimo que as pessoas leitoras não acompanhem as páginas de nossos raros segundos cadernos. Muitos escritores bons frequentam ali e dão entrevistas e noticiam seus lançamentos. E muitos são mesmo ótimos. Não são apenas amigos do jornalista do caderno de cultura. Muitos são mesmo bons nas artes da pena. E vá lá: seria mesmo legal que muitas pessoas abrissem seus leques, o que não significa abandonar os vampiros e os bruxos, mas apenas ampliar seus horizontes. Isso sem mencionar uma infinidade de bons livros de autores que não aparecerão nos cadernos dois, jamais.

Em certo evento literário de 2015, ouvi um elogio desbragado que um autor argentino (que grande parte das pessoas ainda não conhece) a um autor brasileiro já bastante consagrado, mas talvez ainda pouco conhecido. Leopoldo Brizuela falou sobre Bernardo Carvalho: "O livro de Bernardo Carvalho é o contrário da autoajuda. Ele não ajuda nada. Ele simplesmente te enfrenta". Quase não pensei em mais nada depois dessas palavras. Esse enfrentamento deveria ser obrigatório em nossa formação como leitores. Muito embora o fácil e o conhecido sejam conciliáveis, necessários, animadores, o enfrentamento com o difícil, o desconhecido ou o mais sofisticado – o artístico radical – é tão importante, tão energizante! E provavelmente tão ampliador.

Os eventos literários pululam, mas não sei quanto em 2016. Ir até eles, ouvir pessoas e conhecer o que nunca se (ou)viu é parte da educação artística nossa de cada dia. Ou deveria. Lastimo dizer, mas os horizontes da escola não irão além dos currículos preestabelecidos, parados em 1945. Não dá para fazer muito sem o empreendimento, sem rasgar novos horizontes, à força de muita curiosidade e investigação. Inclusive na leitura de autores e autoras que querem ser lidos, além de conhecidos, ou mesmo a despeito de seus próprios preconceitos sobre qualidade & vendas.

LER, INVESTIR, GESTAR

Quando alguém lhe pergunta se você lê, pode ser que primeiramente venha o impulso de dizer que não. Pode ser que, com uma certeza meio orgulhosa, você diga que sim, mas todos os resultados de pesquisas massivas no Brasil acusam nosso povo – nós mesmos – de pouca leitura, insuficiente, lacunar, fragmentária, equivocada; que somos leitores de poucos livros ao ano; que esses livros não são os bons livros, dos bons autores; que os livros didáticos são computados, sugerindo que, então, estamos bem abaixo do que parece; que a Bíblia também entra na conta, então... e por aí vai. Não lemos. E não lemos como os outros, alguns outros que, na média, consideramos, ou alguém considera, nossos exemplos; ou que deveriam ser nossos exemplos de leitores e leitoras, seja aqui pela vizinhança, seja em outro continente.

Se seu impulso foi dizer que sim, que você lê, e que lê bastante, parece que você é uma exceção à nossa infeliz regra. E aí pode ser que simplesmente virem as costas, deixando um rastro de vagueza no ar; mas pode ser que evoluam à etapa qualitativa da pesquisa e passem a querer saber o que você lê, com que interesse, quantas vezes, com que intensidade, com que competência e assim vai. E você dirá, se for sabido ou sabida, que lê Machado de Assis de segunda a quarta, que troca para Clarice (assim, sem sobrenome, com intimidade) de quinta a sábado e que no domingo se dá o direito de ler poesia, que considera mais leve e acessível. Pode ser que você até cite mais nomes, alguns sobrenomes, maioria masculinos, e que até se lembre de algumas capas e editoras dos livros consumidos – muita sofisticação.

Bem, não sendo você a regra, segundo qualquer pesquisa, miremos naqueles que dirão que não, que não leem. Talvez digam com um pouco de vergonha, vez que sabem que isso é de pouco prestígio. Pode ser que tentem se salvar, dizendo que não leem por falta de tempo, a vida corrida, a carne cara, os filhos pequenos, os pais doentes, o trânsito empacado diariamente, etc. Pode ser que digam não por outro motivo: ler decerto que é ler Machado e Clarice, e estas coisas pouco refinadas e prestigiosas que ocupam meus olhos e minha mente, bem, não são leitura.

Grande parte dos/das leitores/as se sente nesse lugar de não-leitor/a justamente porque lhes assombra um cânone que, ao mesmo passo, não lhes agrada; e por isso já vão logo se retirando da conta dos leitores e leitoras, sem nem reivindicar nada. É o que fazem porque ler outras coisas não é ler, segundo aprendemos pescado no ar, no ar das relações sociais, escolares, midiáticas e sabe lá mais onde. E assim ficamos entre umas leituras e outras, umas perto, outras distantes e invisíveis.

Supondo que possamos considerar leitura qualquer leitura, poderíamos então, além de considerar a Bíblia e os livros didáticos, levar em conta qualquer outra coisa, desde que fosse efetivamente lida. Mas isso não trará o valor para nosso lado, é claro.

Fato é que ler é exigente e lento. E não preciso falar em literatura canônica para chegar aí. O tempo passa no trânsito, na roupa suja, no transporte público, na educação das crianças, na doença dos velhos, no cuidado dos bebês e passa também ao se ler.

Ler e o tempo

Lembro de quando ouvi, pela primeira vez, falarem em leitura dinâmica. Era uma estratégia consciente, que vendiam em cursos caros, para ler em velocidade, muito mais rapidamente do que o normal, com a apreensão do conteúdo! É claro que nunca tentei. E é claro que há quem tenha aprendido e dê depoimentos positivos sobre a técnica. No entanto, nunca me interessei por ler mais rapidamente, saltando na diagonal por cima dos conteúdos.

Lido, em minha vida profissional, com pessoas que estudam. Estão matriculadas em cursos que vão do ensino médio à pós-graduação *stricto sensu*. Em todos os casos, essas pessoas precisam aprender sobre muitas coisas e participar, tão ativamente quanto possível, de debates, textos, enunciações. Nem sempre o fazem, nem sempre bem, quando fazem, mas é esperado que façam. E sempre que inicio um curso qualquer, em qualquer etapa, começo falando sobre leitura. E sempre digo que ler leva/gasta tempo. Ler é uma parte do cronograma que precisa ser considerada. Proporcionalmente, é um bocado bom do tempo de uma pesquisa, por exemplo. E nem sempre minha fala-apelo faz sentido.

Comumente, misturo o tema do tempo ao tema da leitura. Andam juntos, quase nunca de mãos dadas. Para ler seis livros inteiros, de uma teoria que ainda desconheço, com postura de quem estuda (inclui voltar e grifar, por exemplo), levo aí bem uns meses. Nunca medi, mas sei que gasto boa parte de um calendário só imergindo nas páginas, me apropriando do que elas dizem, dialogando com elas, me afetando por elas, até que eu possa sobre elas dizer algo. E algo de meu, sem muito tropeço. Isso me leva/consome/exige tempo.

Esse tempo pode ser pensado como investimento, mas não sei quanta gente pensa e sente assim. Nem vou retomar o assunto. Penso mesmo na simples ideia de que a leitura exige horas de imersão, de dedicação, de disposição. Inclusive de uma disposição descansada, já que não é possível ler com sono, com fome, distraída, desatenta, nervosa. Ler exige mais que tempo, exige o corpo e a alma do/a leitor/a. E talvez por isso seja pedir demais que as pessoas invistam em leitura.

Acontece a esses e essas que leem nada ou pouco um milagre. É que se vão, depois, enunciar, propor, escrever, defender... o farão sem investimento. O texto, que até produzem, virá sem calço, sem todos os parafusos, sem cola, sem rejunte, sem pega. Pode ser que boas estratégias de cópia, de encenação, de verossimilhança façam que esses textos parem de pé, mas ocos, bem ocos. Para escrever (uma tese, um artigo) é preciso ter lido; e para ler é preciso ter investido tempo na leitura. A equação parece óbvia, mas não é.

Ler a teoria, ler a obra, ler livros inteiros, deixando rastros de leitor/a; ler trabalhos anteriormente feitos e que se debruçaram sobre o tema; ler outras teses e dissertações; ler artigos que, mais brevemente, interferem no debate mais amplo; ler passando os olhos atentamente pelas linhas, pelos parágrafos, atravessando capítulos e tomos por dentro, pelos meandros, sem deixar que o corpo e a alma se ocupem demais de outras coisas, outros eventos. Ler é uma atividade exigente. Mesmo para quem consegue ler ouvindo música e com a TV ligada, ler é centralizador. A atenção pode até oscilar, surfando entre o refrão de uma canção de fundo e um parágrafo teórico, mas é comum que os olhos tenham de voltar, retomar, reler, até novamente engrenar. Ler é um investimento cognitivo, sem falar em gosto e fruição.

É uma infelicidade que as pessoas disponham de tempo para muitas coisas e não para ler. Mas a ideia de que ler é uma certa cena, e não outras, também não ajuda. Há um tipo de aprendizagem que só chega via leitura. Não chega de outro jeito. Pode haver traduções, adaptações, resumos, sinopses, resenhas, adequações, mas é outra experiência, que exige outro investimento de corpo e mente. Ler é um jeito de acessar o mundo (do imaterial, inclusive) complexo, mas possível. Só não dá para querer que se compre em *fast food*. Ler é na velocidade do humano e gastará alguma unidade de tempo de vida. É como uma experiência que não se salta: um beijo inteiro, um abraço de saudade ou de despedida, a dentição da criança, que virá no tempo de crescer e se desenvolver. Sem ler, certas coisas ficam como uma gravidez psicológica, um oco triste, apesar das aparências e até dos desejos de quem supostamente gesta.

TECNOLOGIAS E BORBOLETAS

Investi alguns anos, muitos finais de semana e alguns litros de lágrimas para escrever uma tese acadêmica ultrapassada. Vejam só onde vamos dar: com os burros n'água da obsolescência – programada. É que escrevi, por alguns anos, e defendi, em um ensolarado março de 2008, uma tese de doutorado sobre "tecnologias da informação e da comunicação", um rol de coisas que, então, com menos pudor, atendiam também pela sigla TIC. Com o passar dos anos – e das próprias tecnologias e das aventuras teóricas d'aqui e d'acolá – essa sigla foi virando NTIC, TDIC e hoje sabe-se lá quantas letras carrega. É certo, só, que o peso da desatualização recai sobre os objetos de estudos e as siglas vão tentando, meio em vão, acompanhar os golpes de inovação. As TIC ganharam um N prefixado quando os/as pesquisadores/as deram pela coisa de que tecnologias da comunicação e da informação sempre existiram, de uma forma ou de outra, com cabos e fios ou sem eles; com telas ou não; com e sem eletricidade; e assim vai. Daí resolveram todos que era mais pertinente chamar de 'novas', em especial para apontar essas que surgiram depois da Segunda Grande Guerra e que estão muito ligadas a algo muito amplo que chamamos de 'computador' ou, mais genericamente, de 'informática'.

Só que as tecnologias novas foram ficando velhas e passou a ser constrangedor chamá-las 'novas'. Em alguns casos, ficou até desrespeitoso ou esquisito. Depois de mais de duas décadas de intensa participação social, de interveniências e mudanças inegáveis, depois de aliviar & atazanar a vida de meio mundo ou mais, ficou complicado chamar de 'novas' essas TIC e então resolveram especificar mais, chamando-as de 'digitais', porque se novas não eram, ao menos que fossem mais precisamente definidas. Bom, daí que continuamos a tratar de uma miríade bem diversa de coisas.

Mode on

E as teses continuam sendo escritas e defendidas, algumas para propor teorias, reflexões e modelos, outras para analisar mais prontamente objetos, ambientes e práticas ligadas a ambos, com e sem pessoas, embora o sem pessoas envolvidas seja um bocadinho impossível.

Minha tese foi uma dessas. Investi anos, de 1998 em diante, estudando impiedosamente a leitura em telas, em ambientes digitais, com o que existia na época. Um dos possíveis objetos de observação e análise naqueles idos eram os jornais. E lá fui eu pesquisar, com direito a testes e usuários, a leitura de jornais em telas, que, na época, limitavam-se quase às dos computadores de mesa (!). O que os/as leitores/as faziam aqui e ali para ler e abrir e clicar e navegar e compreender, etc. Numa primeira etapa, sustentei tudo, o quanto pude, com um construto chamado Teoria da Relevância, que me custou bons meses de aulas e estudos apaixonados. Mais adiante, enveredei pelos estudos de História da leitura, do livro, da cultura, das mídias e ainda me meti na Linguística Aplicada e mesmo nas Ciências da Computação, com o objetivo de analisar as práticas de leitores/as, contumazes ou não, de periódicos que ainda patinavam muito para fazer o que chamavam de 'jornais digitais' ou 'ciberjornais' ou 'net' ou qualquer coisa dessas.

Quando acordei, já em 2020, observando um cenário em que muitos jornais já extinguiram suas versões impressas (às vezes com estardalhaço, às vezes como uma saída à francesa), depois de custosas e ruidosas reformulações gráficas de salvamento;

em que leitores/as não pagam e nem pretendem pagar para ler jornais (e nem sequer se vierem para prover contas de e-mails e 'conteúdos exclusivos'); em que esses/as leitores/as vivem de celular na mão, lendo muita notícia, inclusive falsa; em que o jornalismo continua bastante preocupado com seu modelo de negócio no meio desta mudança toda... enfim... quando dei por mim, havia escrito uma tese que serve, hoje, como um belo relance de museu, ainda que seja possível lê-la, ainda atual, para pensar e repensar as práticas de leitura.

Em minha tese, as pessoas participantes liam em telas com dificuldade, mas em telas grandes, presas a mesas, geralmente em ambientes fechados (isso se parece a história do livro... em alguns aspectos...), quando os celulares ainda quase só serviam para telefonar e enviar torpedos e os tablets não tinham nascido (e virado zumbis em seguida). Os jornais eram páginas com links e algumas tentativas de pirotecnias multimodais, aprendendo ainda o que fazer com áudio, vídeo e, aliás, com o/a próprio/a leitor, que chegava perto demais da coisa toda.

Tablets

Uns anos atrás, uma experiência dessas de obsolescência e de mudança de cenário ocorreu a uma aluna de mestrado que orientei. Jornalista, ela resolveu pesquisar jornais em tablets, objeto que, segundo o discurso de vendas daquele momento (coisa de 8, 7 anos), era não apenas a bola da vez, mas também o futuro das comunicações. Bom, eu desconfiava que não, mas quem era eu para dizer, não é mesmo?, diante da propaganda da Apple? Bem, o fato é que os tablets que vejo hoje têm a função principal de babás de bebês e crianças, e não aquela que prometiam as empresas e a propaganda. Pois então: a estudante estudou, estudou e foi analisando um grande jornal para tablet, versão isto, versão aquilo, e pum! De vez em quando, uma versão era 'descontinuada' e a outra era 'substituída' e a moça ia ficando tensa. Sim, pesquisou, defendeu, tornou-se mestre, inclusive relatando essa dificuldade toda de pegar um assunto que escoa feito água, que escapole entre nossos dedos, feito areia. E num momento de desabafo, um dia, na coxia, ela me disse, meio triste: "ah, se eu tivesse estudado os jornais para celular...".

Minha linda, eu disse, seria outra pesquisa, não seria uma solução. Talvez aquela dissertação tivesse um pouco mais de fôlego, já que os celulares e suas telinhas espertas passaram rapidamente à prevalência entre as possibilidades e preferências de Deus e Todo Mundo, mas certamente muita coisa teria mudado, nesse bololô frenético.

Ela não ficou completamente triste. Seu trabalho rendeu boas reflexões. Agora imaginem quem dedicou anos a estudar... sei lá... interações no Orkut! É até difícil ler sobre isso hoje em dia. Ninguém sabe mais o que era aquilo, como funcionava, qual era o regime de interações que o ambiente propunha ao/à usuário/a, que nomes as funcionalidades tinham e tal. Uns tempos atrás, a Cabify fez uma promoção para dar descontos nas viagens e a gente tinha de resolver umas charadas. As respostas eram nomes de elementos de interação do Orkut. Eu não me lembrava de quase nada! Não fosse eu consultar os/as amigos/as pelo WhatsApp, eu teria ficado sem os descontões.

Outros lances obsolescentes

Até que para a escala temporal da web, o Facebook e outras redes estão durando muito, mas é certo que o regime de interação, as funcionalidades e muitos outros elementos já sofreram alterações importantes, coisas que deixaram muitas teses com falhas de visualização ou Erros 404. É nisso que dá estudar tecnologia.

Escrevi uma tese sobre leitura em telas quando as pessoas não liam clicando diretamente nelas. Imaginem! A gente ficava a meio metro ou mais da tela e não adiantava nada tocá-la. O máximo que acontecia era ter de limpar logo a mancha gordurosa da impressão digital. Quando fiz doutorado, as pessoas liam jornais digitais que imitavam páginas impressas, fazendo cantinhos de folha e barulhinhos emulados. Isso ainda fazem, admitamos, mas já estamos noutra era da leitura em multitelas e multifunções.

E nem deve ser só isso. Minha tese lidou com uma configuração social em relação às tecnologias que mudou muito. A sorte é que eu sabia disso enquanto escrevia. Sabia que era areia e sabia que ia escapar e sabia que isso também era lindo. Podia ser quando um estudo passa de novidade a retrato de um momento, sendo agora otimista, claro.

Borboletas

Reli uns trechos da minha querida tese, um dia desses, e fiquei pensando em quanta mudança vi acontecer. Pensei que aquelas pessoas que participaram dos testes que propus (eu e minha amada orientadora) devem hoje navegar em smartphones e repassar fakenews, conforme nossas práticas de hoje, esquecidas, talvez, de suas práticas mais 'antigas' e passadas. Talvez continuem, afinal, tendo dificuldades de compreender o que leem, embora se desloquem espertamente pelos links, questão que se torna cada vez mais desafiadora, tanto para o jornalismo sério quanto para a educação.

Continuo pesquisando a leitura e suas tecnologias. Continuo interessada nisso e em como mesclamos modos de fazer, em como nos apropriamos dos regimes de interação propostos, em como aprendemos, ensinamos e interferimos em nossos modos de comunicação, para o bem e para o mal. Estou sempre recolhendo flagras de aprendizagem, de letramento (digital, como também chamávamos, ali por 2000-2010), de criação popular, de trocas entre pessoas das mais diversas idades e classes sociais. Escrevi uma tese corajosa e meio encantada, em 2008, sobre tecnologias que irrompiam e rompiam, naquela década e na anterior. Ainda hoje, vejo muitas pessoas interessadas em pesquisar sobre isso e sobre o que é isso hoje. E nunca posso deixar de pensar: taí, mais um/a caçador/a de borboletas.

MEMÓRIA & TEMPO

O QUE VAI SER DAS MINHAS FOTOS?

Contei hoje. São quase mil itens dentro de uma pasta do computador intitulada "fotos". Nem tudo é genuinamente digital. Algumas são fotos digitalizadas a partir de uma matriz impressa; outras são fotos de fotos, coladas em álbuns da família; outras são mesmo fotos dos celulares ou das máquinas mais diversas. O que vai ser delas? Quem as verá, daqui a vinte anos? Será importante vê-las?

Por que digitalizei fotos impressas?

Minha família tem o que nós, mineiros, podemos chamar de "coisa com fotos". É um carinho, um apego, um fetiche até. Para tudo há uma foto, de tudo se faz registro. Aquela do banho na banheirinha, ainda bebê, é um clássico quase universal. Quem nunca? E as festas, os bolos de aniversário, os amigos da adolescência, os grandes eventos, tais como casamentos, lançamentos de livros, 90 anos da bisavó, etc. Está tudo devidamente datado, organizado e colado em álbuns especialmente dedicados a este fim. Gastaram horas de trabalho e atenção para que se constituíssem. Ocupam espaço, são pesados e às vezes são retirados de seu silêncio para dispararem narrativas, às vezes repetitivas, sobre a família, as saudades, as transformações. O poder da fotografia – da mais ordinária – é imenso.

No entanto, digitalizei várias dessas fotos. Para quê? Para dar-lhes outro modo de circulação; para mostrá-las aos amigos virtuais; para postar nas redes sociais; para readmirá-las, coletivamente; para renová-las em sua beleza ou peculiaridade. Com a digitalização, essas fotos – não todas – ganharam uma vida outra, diferente de suas originais.

Por que não digitalizei algumas?

Porque algumas não interessam mais. Ou simplesmente não para tal ou qual ocasião. Não são suficientemente bonitas ou ridículas. Não têm foco ou são desprezíveis por qualquer motivo. É a edição da edição, a curadoria da fotografia ordinária. Digitalizei apenas parte do acervo da família. A completude apenas os álbuns reais terão.

E o que vejo acontecer aos milhares de fotos digitais?

Pouco mais que o esquecimento, muito próximo do silêncio reservado às fotos de papel. Estava pensando: meus milhares de fotos digitais compõem-se de muitas fotos mal tiradas, mal resolvidas, tiradas ao acaso, disparadas despreocupadamente. Jamais seriam impressas, se eu pudesse escolher. Mas estão lá, enchendo meu HD. Entre elas há as fotos boas, bonitas ou as ridículas, guardadas em pastas com nomes por data, para que eu identifique o evento, o momento, a importância. Só que estão lá as fotos originais, em alta resolução (porque eu sempre penso em imprimi-las) e as alteradas, em baixa resolução, para postar na internet, para mostrar nas redes sociais. Resulta disso que tenho milhares de fotos repetidas.

No entanto, não as vejo. Não as mostro a quase ninguém. Não chamo os parentes para vê-las no computador nem na smartTV. Não falo delas, a não ser quando as publico na web e elas se esvaem depois de muitos outros posts. Não me lembro delas e tenho muita dificuldade de encontrar alguma, em especial, quando preciso. São muitas, quase infinitas, e não sei ao certo onde estão, já que elas não aparecem se eu não clicar.

O que será dos meus álbuns?

Nada. Será silêncio. Em alguma medida, inexistência. Já perdi meus disquetes, depois meus CDs. Hoje em dia, guardo tudo em pendrives e em um HD externo. Torço, todos os dias, para que esses dispositivos sejam compatíveis entre si, ou as extensões dos arquivos, para que eu possa sempre salvá-los – e aos meus milhares de registros familiares, afetivos, históricos. As viagens, os jantares, os aniversários do meu filho, os bolos, os dias de alegria e alguns de tristeza. A fachada antiga da casa e o pós-reforma, as bodas dos pais, o centenário de alguém. Não os vejo, não os revelo. Minha promessa de revelar "ao menos as melhores" nunca se cumpriu. É caro, é chato, é demorado, é impertinente. E antes que eu consiga imprimir estas dez ou cem, já vieram outras e outras, tiradas no celular, com filtros automáticos, tiradas pelas câmeras novas, tiradas, clicadas, quase sem distinção. E outras e outras e mais outras. Desisti. Foi isso. Desisti de imprimir tanta imagem.

E por que ando fotografando com uma câmera analógica?

Faz uns meses, um amigo fotógrafo (e técnico de máquinas) me presenteou com uma câmera analógica. Ele não tinha – ou tinha? – noção do que estava fazendo. Marcou um encontro em um café, rapidamente, para me entregar uma bolsa preta, pequena, com uma Ricoh analógica, com objetiva russa, e alguns filmes asa 200.

Tem sido uma "experiência". Outro amigo logo me indicou as lojas que ainda fazem revelações analógicas e tratei de virar freguesa. Como a Ricoh (que apelidei de MaRicohta) é velha, meio alquebradinha, sinto-me mais segura com ela na rua, correndo menos risco, quero dizer. E levo-a a passear, fotografando, com dificuldade, as pessoas que me interessam.

A dificuldade é grande, é considerável. É preciso pensar a foto, é preciso observar o entorno, a luz, a hora do dia, a cor do céu e do Sol, ver o fundo, calcular. Só depois, faço a fotometria, usando uns sinais que vejo dentro do visor. Não sei ao certo como a foto vai ser. Não sei se funcionará. E fico ansiosa desde o momento do clique. E agora? Nos primeiros dias, eu tinha um impulso absurdo: virava a câmera para olhar o resultado na tela. Mas não tem tela e nem resultado imediato. Só depois da revelação do filme. Eu já havia feito isso, anos atrás, mas agora eu tinha vícios, tinha hábitos digitais. Não é mais a mesma coisa. Eu quase não pensava mais as fotos. Fotos eram aleatórias, fortuitas, descartáveis. Se não der, não deu. Apaga. Mas a MaRicohta é diferente. Ela me faz repensar.

Tirei a foto. Prometi que enviarei quando ficar pronta. O filho, o marido, o vizinho, o amigo, a moça da padaria, que vende pão de porta em porta, em uma bicicleta adaptada. Mas e se eu não imprimir? Jamais saberei. Imprimir é imperativo. E se não ficar bom? Aí é outra história. É no rasgo.

Ansiosa, gastei o filme todo (24 ou 36 poses). Acabou no meio do passeio, paciência. Tanta foto que eu ainda queria tirar! Má gestão. Por que não tirei as fotos que realmente importavam? Demora. Demora o clique. É preciso ter paciência para fotografar analogicamente. Tanto o fotógrafo quanto o fotografado. Calma, estou regulando a câmera. Tá escuro para ela. Ou o contrário: vai estourar. Como você sabe? Não sei. Estou vendo uns sinais aqui. Ficou boa? Não sei. Só daqui a uns dias.

OK. Prontas. Ficaram boas ou razoáveis. Vejo-me de novo às voltas com a necessidade de um álbum. Onde vou organizá-las? Guardá-las? Estas, certamente, durarão até que meu filho cresça ou até que achemos tudo antigo e risível. Até que tenhamos saudades de alguém. Não posso deixá-las soltas ou jogá-las fora. Para mostrá-las, basta escaneá-las e postar nas redes sociais. Ah, que curiosas! São bonitas, têm outro grão. Muita gente percebe: que fotos lindas! São diferentes. Nem sempre explico. Deixo. É uma poesia toda minha.

Ligo para a loja: moço, você ainda vende daqueles álbuns cartona? Quais? Aqueles grandes, com páginas duras, cola e um plástico por cima das fotos? Espera, moça, faz tanto tempo que alguém não pergunta isso... E ele grita para alguém, meio fora do bocal do telefone: ainda tem álbum para foto impressa? Não sei o que responderam. Deixa. É minha poesia.

Obrigada, Laércio. Tem sido um repensar constante, não apenas sobre fotos que merecem existir ou ser vistas um dia. Tem sido fazer o melhor pelo momento. E registrá-lo bem.

"EU QUERO VOCÊ COMO EU QUERO"

Na casa onde eu cresci, fotografia era algo importante. Tudo o que a fotografia podia representar era importante. O registro dos momentos, a revelação, a formação do álbum, a organização das fotos nas páginas, a datação, a descrição do evento e, depois, o momento mágico de mostrar as fotos aos amigos, parentes e namorados. As fotos não nos chegavam avulsas, presenteadas por conhecidos. Elas eram tiradas pela minha mãe, que tinha uma câmera Olympus da qual se orgulhava.

Ter uma câmera e tirar as melhores fotos possíveis era um cuidado com o tempo: com o presente, o passado e o futuro. Não era banal. Não era apenas "bater foto". Era agir sobre a memória e o memorável. Cresci com essa noção de registro fotográfico – tenho câmera – inclusive filmadora – desde nova e é comum que eu seja a única pessoa que tem fotos do pessoal da escola, da turma da rua, etc. Hoje em dia, embora isso seja banal, as fotos são virtuais... não sei se sobreviverão ao tempo e aos softwares, ao ponto de se tornarem registros duradouros. E não que eu não torça. Eu apenas não sei.

Nos meus tempos de menina, o que nem vai tão longe, era necessário saber sobre filmes e o processo da fotografia. A palavra "revelação" diz muito sobre a espera para conhecer a foto, que não aparecia de antemão no visor. O clique do fotógrafo era único, um tiro planejado (ou não). O olhar do fotógrafo precisava ser previdente. A revelação demoraria e, depois dela, a foto seria conhecida. Não era possível selecionar previamente. A edição do álbum vinha depois, com a escolha dos registros mais bonitos, com menos olhos fechados e mais poses apresentáveis.

Era o projeto da foto, a espera, a alegria ou a decepção. A cópia de presente, a colagem no álbum. Vamos ver? Um evento. Foi assim, em grande medida, que conheci e compreendi a fotografia. De toda forma, ainda que a maioria delas fosse posada, montada e até falsa, sempre preferi a foto espontânea; o riso, a conversa, o movimento daqueles que não percebiam bem o clique, que não se viravam, obrigatoriamente, ao fotógrafo, e não se rendiam a uma alegria forçada. Mas a foto espontânea é rara, difícil, aleatória. Constrangemo-nos um pouco quando vemos a câmera. Sorrimos diferente e murchamos a barriga. Conseguir fotos espontâneas é uma arte. Que eu admiro.

Que noção temos da fotografia? Certamente, o registro e a memória estão entre os elementos que mais comumente nos interessam, mas estão, também, as ideias de compor um quadro com as melhores roupas, as melhores poses, o melhor ângulo (não é assim que dizemos?) e as cores que não temos, naturalmente. O fotógrafo trabalha com a luz, com o enquadramento, mas também com a poesia e a construção da imagem. A imagem não esta lá. Ela é montada, produzida, composta. A escolha de um modo de fotografar ajuda a construir um registro. E como nos conhecerão no futuro? Ou que representação queremos de nós?

Há alguns anos, resolvi pagar a um estúdio para que fizesse um ensaio fotográfico de minha relação com meu filho. Fiz questão de frisar que gostaria de registrar o ar que nos une no dia a dia. Não queria meu filho com as melhores roupas – as que ele quase não usa – e nem com o cabelo – que ele deixava crescer – escovado. Não queria aquele tênis novo que ele detestou. Eu queria compor um álbum do meu filho meio louro, descabelado e risonho com que lido todos os dias, pelos corredores de casa, de bermuda colorida e chinelo. Da mesma forma, eu buscava um registro dos beijos que realmente nos damos, dos abraços que trocamos e das brincadeiras que fazemos quando estamos juntos. Não na foto, mas na vida.

Pedi à fotógrafa que não me produzisse. É claro que reconheço a beleza do artifício em uma mulher, a cor, a valorização do olho, da boca, do cabelo, do ângulo. Mas eu não queria "aparecer na foto" como eu não sou, para mostrar aos outros quão bonita eu poderia ficar. Esse talvez seja um fetiche de grande parte de nós, que queremos nos parecer com "modelos". Pode ser útil, mas não era minha intenção. Eu queria um registro do meu cabelo cheio de fios brancos, da marca de expressão quando eu sorrio e dos olhos amendoados naturais. Queria meu jeans, meu All Star e meu relógio mais querido – não aquele que uso em casamentos, mas aquele de que mais gosto no dia a dia. E foi o que aconteceu. Eu e meu filho corremos, brincamos, dançamos, nos deitamos na grama, nos abraçamos e conversamos muito. Nós e a fotógrafa.

Minha preocupação era a seguinte (por mais que ela seja impossível): quando envelhecermos todos ou mesmo quando nos formos deste mundo, há de haver um registro do que realmente fomos, para que as pessoas queridas – como meu filho e meus netos – possam dizer: "eu me lembro dela deste jeitinho assim. Vejam como éramos mesmo lindos!".

Daí, depois de tanta relação com a fotografia, foi um pulo começar a pensar em aprender. Nossa relação com as imagens, mormente com as fotos, mudou tanto! Todos temos câmeras, programas de publicação, editores, quem não pode? Quem não se sente um pouco fotógrafo de vez em quando? E para que as pessoas se fotografam? Que funções as fotografias têm, nas redes sociais, por exemplo? A denúncia, a exposição, a memória, o desafio, o registro, a ostentação. Está tudo lá, só que para todos.

Enfim, fiz um curso de fotografia e investi em uma câmera melhor. Da mesma forma que demorei anos para me assumir "escritora", vou levar séculos para me chamar de "fotógrafa", em respeito aos profissionais que dominam essa arte/ciência. Mas arrisco uns cliques. E eles vão sendo elogiados, e demandados, e curtidos. E as pessoas começam a dizer que há algo de meu ali, reconhecível, inclusive. "Que imagem!", "Que sensibilidade", "Que instante!". E voltei, então, a pensar nos meus motivos.

O meu gosto, concluo, é pela espontaneidade. Não sei se é ético, mas eu gosto de zanzar pela festa sem que me notem (embora isso seja difícil com uma câmera maior) para flagrar os momentos de encontro, de papo, de riso. Eu procuro a imagem quando os atores se distraem de mim. Isso pode? Sabe lá. Nunca reclamaram. Vez em quando, dirijo as pessoas para que fiquem brincalhonas. Não parem, não olhem. Eu sou, enfim, uma cronista com uma câmera nas mãos. Sem poses, sem enquadramentos simétricos e sem sorrisos "diz xis". É mais ou menos como largar o teclado do computador e as palavras por um instante para brincar com a luz. É como aprender a escrever de novo.

IMPRIMAM – E REPENSEM – SUAS FOTOGRAFIAS

Outro dia, mandaram um link para que eu lesse com carinho[*]. Era um texto dizendo que o "pai da internet", Vint Cerf, recomendava que imprimíssemos nossas fotografias. O problema seria a tal da "obsolescência programada", essa invenção malévola e espertinha que nos transforma em consumidores compulsórios de equipamentos novos em substituição a outros sempre, e rapidamente, desatualizados.

Aconteceu outro dia, e outro e outro: usei um celular por muitos anos, insistentemente, até que não consegui baixar mais nenhum aplicativo nele. Pronto, passava da hora de trocar de aparelho. Vai durar. Doce ilusão.

Comprei outro e outro, e cada um, num belo dia diferente, mas não a espaços muito largos, deixava de funcionar por algum motivo. Mas a coisa era predeterminada. Em alguns casos, a máquina não funcionava nem com aplicativos fabricados pela própria empresa. Mas vá lá, tenhamos paciência ou bobiça suficientes.

Analógicas

Num mundo assim, imaginem o que seja manter certo hábito de tirar fotografias analógicas. Exótico, não? E sempre perguntam: mas existem ainda filmes? Alguém vende isso? Onde? É caro? E depois? Onde são revelados?

Fato é que, dia desses, revelei um filme. Escaneei as fotos e enviei algumas a pessoas a quem não darei uma foto de papel.

---

[*] http://link.estadao.com.br/noticias/geral,segundo-o-pai-da-internet-e-
-melhor-voce-comecar-a-imprimir-suas-fotos-favoritas,10000029689

Não foi exatamente caro revelá-las, mas fazer as cópias me daria bem mais trabalho. Geralmente, exceto pela minha mãe, as pessoas ficam satisfeitas ao receberem digitalizações. Mas que precariedade. Eis que enviei uma foto digitalizada de uma matriz impressa de foto ao grupo de irmãos. Logo, minha irmã perguntou sobre o assunto: Quando foi isso? E me dei conta de que os lapsos das fotos analógicas pertencem mesmo ao fotógrafo. Logo informei, imprecisamente: acho que dia dos pais. Era uma lembrança difusa, de um dia comemorativo, um lugar, uns ladrilhos, a presença de certas pessoas, um almoço. Dia dos pais, talvez. Ela não disse mais nada. Aceitou.

O lapso de tempo que aquela câmera e aquele filme provocavam. Já pensou? Um filme de 36 poses ou menos, porque ele durou até as 30. E ficou dentro da máquina por meses e meses. Quando revelado, mostrou mais de três ou quatro eventos diferentes, lugares muito diversos, pessoas muito seletas. Estavam lá, justapostos, mas sem se comunicar, o dia dos pais, um passeio no Instituto Inhotim, umas fotos à beira do muro da fábrica de tecidos que será extinta (e dará lugar a um microshopping com nome em inglês). Também havia fotos de um evento no campus universitário, uma delas desfocada, quase perdida. O que se há de fazer? Jogar fora? Não é deletável.E ainda fotografias de um dia, no ensaio para um espetáculo poético-musical.

Sim, era um filme, muitos meses, cinco ocasiões muito diferentes, tempos diversos, sempre à luz do dia, porque, como sabem todos, fotografar é desenhar com luz.

O grão da foto é lindíssimo. As pessoas estão paradas diante de um clique que virá. Não pudemos testar, jogar poses ou chapas fora. Gostamos das fotos? Não? Já era.

O GRÃO DO TEMPO

Pensei por horas sobre a característica do filme analógico de guardar-se para ocasiões muito especiais e ser econômico na seleção das fotografias. Muitos eventos quase esquecidos ressurgiram para as pessoas, diante daquelas fotos. Até nem lembrávamos mais daquelas ocasiões. Por isso é importante escrever atrás das fotografias. Escrever, por datas, relembrar: 14 de agosto de 2016, dia dos pais. Caso contrário, não saberemos mais nos distinguir naquele passado em registro.

Um filme aguarda, pacientemente, para ser gasto. Disso decorre que o *timing* das fotos analógicas é paciente, é moroso, é seletivo, é cuidadoso. É preciso pensar sobre a foto, sobre a revelação e sobre como mostrar as fotos às pessoas.

Certa vez, fotografei o bebê de uma amiga, em dada ocasião, em uma livraria. Muitos meses depois, enviei-lhe a digitalização da foto. O grão do momento. Ela reconheceu o chão, o deck de madeira, a ocasião. Mas o bebê não era mais o mesmo. Uma lembrança de quando ele tinha alguns meses. Já não era mais o mesmo.

Dupla exposição

Vint Cerf alerta sobre as fotografias que se perderão entre bits, arquivos incompatíveis, máquinas inoperantes, obsolescências programadas, pessoas pouco cuidadosas com a memória. Mas não é só isso. Além de imprimirmos as fotos, como que a resguardá-las de um perigo evidente – mais que iminente –, é importante que alguns de nós resistam ao operar máquinas que deixam matrizes, negativos, filmes.

Não à toa nossa emoção, quando um pequeno grupo de amigos resolvemos conversar sobre o que fazer com duas caixas grandes de câmeras analógicas simples que seriam jogadas fora. Uma centena delas. E enquanto triávamos os equipamentos, observando se alguma já não funcionava, encontramos três com filmes dentro.

Filmes usados? Fotografados? Presos ali? Esquecidos? O que fazer? Vamos revelá-los? Festas de família ou *nudes*? Vamos removê-los e jogar no lixo, preservando a privacidade de alguém? Vamos mostrar ao mundo as fotografias que estão ali? Vamos procurar seus donos? Não.

Decidimos reusá-los: Cada um de nós escolheu um, por qualquer motivo. Retirados das câmeras originais, vão para dentro de nossos equipamentos e faremos dupla exposição. Dessa forma, quando revelados, talvez saibamos, apenas parcialmente, o que ali estava, quase revelado, mas não por inteiro.

CURSO DE GESTÃO ATABALHOADA DO TEMPO

Estou aqui, ainda, às voltas com essa coisa difícil que é organizar o tempo. Tem uma palavra mais na moda para isso – "gestão" –, mas, no fim das contas, é isto mesmo: uma espécie de diagramação do tempo que a gente pensa que tem.

Vejam: a gente pensa que tem. A gente só pensa, porque, na verdade, ninguém sabe ao certo quanto tempo tem adiante. Talvez por isso o passado pareça tão mais fácil de cultivar. Ainda assim, ele vai passando e vai deixando marcas, coisas que a gente vai guardando, filtrando, tratando ou acumulando. Sem isso, não daria pra dizer que temos experiência ou algo que o valha. Pior: mesmo com a tal da experiência, chão rodado, a gente incorre nos mesmos vacilos de sempre. Repete, com nuanças meio diversas, mas repete.

Mas então: se a gente pensa que tem mais tempo, fica querendo organizá-lo de tal ou qual maneira. E quanto mais esse tempo passa – e ele vai deixando uns lembretes pelo nosso corpo –, mais a gente vai se preocupando em gastá-lo de um jeito mais interessante. Ou deveria ser assim?

Há uma filosofia, muito aspergida pelo roqueiro Lobão anos atrás, segundo a qual é melhor viver dez anos a mil do que mil anos a dez, isto é, por hora. É uma jogada metafórica com a velocidade, o risco, o tesão. Mas nem todo mundo curte uma ideia velocimétrica. O lance às vezes é ter paz, sossego e mesmo lentidão. *Slow motion* total, pra ver se a gente saboreia mais e melhor as coisas. E agora?

Agora, já, então, ainda, quase, depois, talvez... são palavras que vão fazendo com que a gente tome atitude e arranje soluções pra quase tudo. Amanhã é uma espécie de delírio; enquanto ontem é um tipo de impressão vaga. Quem garante que a cena foi mesmo como ela lhe pareceu? "Mas eu estava lá, eu vi". De que ângulo? Já vi tanta gente contar a mesma história, diagramando de modos completamente diferentes.

E agora? E amanhã? Não sei. Mas eu quero saber. Sou dessas pessoas que adoram planejamento, logística e planilha. Chego a ser chata, vá. Podem me achar controladora, iludida, bestinha. Mas que é bom saber como devo me mover, ah, isso é. Tipo jogar xadrez, é isso. Não por acaso, o historiador Michel de Certeau disse, no livro A *invenção do cotidiano*, que "a memória dos lances antigos é essencial a toda partida de xadrez". Fica bonito também pensar que a gente vive tentando acertar o próximo passo, nosso e dos outros. E vive errando, claro. Mas isso é preciosismo meu, eu sei.

Não sou vidente, Mãe Dinah, nada disso. Não tenho qualquer talento premonitório e nem tenho ganas de construir a máquina do tempo – *forward* nem *back*. Bom, mas gosto de anotar as coisas que vêm por aí, no mês, ao menos, até em dois, para conseguir que tudo se encaixe no final. Costuma funcionar. Obtenho sucesso, na maioria das vezes.

E o tempo vai ficando escasso, as coisas vão ficando mais difíceis de caber e começam a transbordar. Inclusive, umas passam sobre as outras, dando certa sensação de sobrecarga ou sufocamento. Já viu? Já. Assim: tenho pouca semana pra muita tarefa. Solução tosca: faço o trabalho no fim de semana. Ai, meu Deus, mas quem aguenta isso, a longo prazo? Quais companhias – pessoas – vão assistir a isso sem torcer o nariz? Poucas. Toda hora, não dá.

Tenho tido dificuldade de organizar meu tempo. Só me dei conta disso depois que muita coisa aconteceu e desaconteceu. Quis acontecer, mas não conseguiu. Fingiu que ia rolar, mas desistiu. E assim por diante. Dia desses, me dei conta de como os domingos tinham virado dias de trabalho normais na minha vida. Não era um ou outro não, *chérie*, eram quase todos. A semana não cabia nela mesma e vinha deixando uma rebarba enorme pro domingo. E eu? Não fazia nada. Só cumpria. Mas aí alguém me disse que eu deveria aprender a dizer "não". Quanto tempo a gente gasta tentando aprender isso? Alguém dá workshop?

Eu estava em casa, preguiça de sair, dia bonito (se fosse feio então... pior), menor movimento de carros na rua ao lado, filho na casa do pai... pronto: cenário perfeito para ligar o computador – este poço de prazos insalubres – e começar a fazer algo que caberia nos dias comuns. Fácil. 15h, domingão, ou pouco mais, a voz terrível do Faustão começava a ecoar, vinda de alguma sala da vizinhança, e eu quase plasmada na cadeira de rodinhas, diante da tela acesíssima (ela e eu), fazendo qualquer coisa cujo prazo seria incompatível com um passeio de bicicleta, um churrasco com os amigos ou um amor de fim de tarde.

Passei a pregar bilhetinhos para mim mesma, em papéis de cores vibrantes, na moldura da tela: "Sua infeliz", "vai descansar", "sai dessa, abre uma bebidinha", "já pôs a cara pra fora da porta hoje?", "liga pra amiga", "liga pro bem". Mas só domingo. Nada, sábado também!

Como o trabalho – doméstico ou corporativo – tomou conta dos meus dias. Como! E eu nem me dei conta, direito, da invasão viscosa disso. O problema é que tem gente que acha um lance bonito, interessante, empolgante, e a gente entra nesses discursos e nunca mais sai. É currículo, é qualificação, é parâmetro e as bikes vão empoeirando dentro da sala.

Estava lembrando vagamente de um namorado que foi ficando cada vez mais escasso também porque, simplesmente, não conseguia organizar o tempo pra... ser um namorado. Foi deixando de me acompanhar na sexta, depois no domingo, por fim, os sábados eram apenas de umas três horas. A gente não aprende a diagramar o tempo, e o *layout* dele vai ficando assim mal ajambrado. O namoro foi sumindo no meio dos prazos, dos horários bloqueados, dos imprevistos invasores e das prioridades duvidosas.

Até que, um dia, pintou um namorado desses que cravam os pés nos finais de semana. Pronto, de sexta a domingo é tempo de tomar sorvete, dormir vendo TV, alugar filmes (que nunca acharam tempo para serem vistos), cinema, clube, bar, praia, banho, massagem, montanha, sítio, piscina, papo solto, cafezinho, bolinho de chuva, livro, leitura a dois, sexo selvagem, refeições vagarosas (feitas em casa ou não), bobeira, risada, cerveja, flanagens, beijos vagarosos, muito vagarosos, debates sobre tudo, comida pros cachorros, rede na varanda, música, muita música, petit gateau e uma infinita lista das coisas que não cabiam, nunca, em lugar algum.

Aí você pensa: meu Deus, meus prazos estão quase todos estourados. É que não trabalho mais aos domingos. Então preciso encaixar tudo nos dias de trabalho, organizar melhor prazos, datas, "não" e "talvez". Diagramar a vida, pra que ela consiga ser distribuída entre uns dias que compram e pagam os outros, entendem? Uns dias são pra garimpar o ouro dos outros. É algo assim. E não que o trabalho não possa ser prazer. É claro que pode. Mas ele não é tudo. E nenhum namorado é tudo também. Mas as coisas precisam de um *layout* assim mais arrumadinho, pra que a gente tenha uns "agora" mais rosadinhos, rechonchudos; uns "ontem" mais charmosos e significativos, em vários sentidos; e uns "amanhã" mais habitados por pessoas realmente importantes. Dá aqui estes ponteiros do relógio. Vou fazer com eles umas esculturas de cutucar a vida.

SENHOR AMADEU

No dia em que eu nasci, talvez quase naquele momento exato – passava da meia noite –, a mãe do senhor Amadeu morreu. Não sei de quê, mas de velhice. Não sei em que circunstância, mas estava internada no hospital fazia um tempo. Não sei como foi, mas o senhor Amadeu, filho único, a acompanhava.

O senhor Amadeu era velho. Há pessoas que são sempre velhas para nós. Nossos avós, anos atrás, eram já velhos quando nascemos. Hoje, podem ser apenas avós. E nem ser propriamente velhos, idosos. É sempre estranho, quando nasce um filho, um sobrinho, um neto, sermos percebidos como velhos. Meu filho, por exemplo, me acha velha desde que ele nasceu. E eu preciso sempre confirmar para ele que fui jovem, fui criança e fui bebê.

O senhor Amadeu era dessas pessoas que para mim sempre foram velhas. Sempre se vestiram igual – talvez um colete, um pulôver, uma calça social. Talvez eu o esteja confundindo com o meu avô materno. Minha memória já me trai?

Amadeu era velho desde sempre, desde que nasci. Isso costuma ser o sempre de todas as pessoas. Amadeu tinha nome de velho. Um nome perfeitamente velho, como Cícero, com que não me deixaram batizar o meu filho, alegando justamente isso: é nome de velho. E se for? Qual é o problema? É mais problema ser novo com nome de velho? Ou ser velho com nome de novo, como Lucas ou Iuri? (Devíamos ter o direito de trocar de nome como as cobras trocam de pele).

Senhor Amadeu, para mim, era o nome completo dele. Senhor Amadeu, não apenas Amadeu. Chamá-lo de Amadeu me dá, ainda, a sensação de irreverência e desrespeito que jamais passou pela minha cabeça. O senhor Amadeu era velho e respeitável. E ainda é. Discreto, tímido e acompanhante da mãe, até a morte.

O senhor Amadeu perdeu a mãe no dia em que eu nasci. Meu pai era o médico que a acompanhava, desde havia dias, no leito do hospital. E havia ali uma relação de cuidado, seriedade e gratidão. Dona Elisa morreu quando eu nasci. E nasci para me chamar Elisa.

Elisa é nome de velha. Sempre achei. Ana, não. Ana é nome que atravessa vidas. Pode-se nascer e morrer como Ana. A passagem difícil é o dia em que o "dona" aparece. Dona Ana. Don'Ana. Não cheguei lá. Nem pretendo. Mas nasci Elisa, enquanto dona Elisa morria, em algum quarto do mesmo prédio. E Amadeu ficava triste e perdido, por alguns momentos, em sua solidão de filho único. Órfão.

Nunca soube quase nada sobre a vida de Amadeu. Mas ele soube da minha. Soube que nasci, uma Elisa bebê. Um dia ou dois depois, o senhor Amadeu veio visitar a filha do doutor, Elisinha, para dar a ela um presente. Ganhei, com alguns dias, um relógio de pulso, de corda, com pulseiras pretas e vidro protuberante. Um luxo, uma joia que só pude tocar muito mais velha.

Amadeu me elegeu, quase me adotou. Durante 14 anos, quase 15, fez-me uma visita, em casa, em meu aniversário. Quatorze aniversários, todos, para me dar um presente, que era sempre um bom presente. Uma boa boneca, um disco de vinil da minha banda favorita, uma casinha inteira, um objeto valioso ou valoroso. E eu o atendia, sob o olhar carinhoso da minha mãe. Eu me emocionava com as visitas do senhor Amadeu, que devia sempre lembrar da morte da própria mãe quando me dava um tímido abraço.

Nos meus 14 anos, eu e minha mãe chegamos a comentar sobre a possível festa dos 15. Falta um ano! Amadeu era discreto, tímido, quieto. Só aparecia antes de qualquer convidado. Não aceitava os convites para festinhas. Não se exibia. Fazia sua visita à Elisinha e pronto. À tarde, antes de ser visto por outras pessoas. Amadeu parecia uma lenda.

Os 15 anos se aproximaram. Era hora de Amadeu me visitar. Quais seriam suas palavras? E qual presente ele traria para esta debutante? Que ideia ele teria? Não haveria festa, porque eu não era menina disso, mas o abraço dele não faltaria.

Mas o senhor Amadeu não pôde vir. Dez dias antes dos meus 15 anos, ele morreu. Foi encontrado morto, sozinho, em seu apartamento. Morreu discretamente, sem que alguém soubesse. Amadeu não veio à tarde e muito menos para a festa.

Meu pai me deu essa notícia como se não fosse nada. Baixei a cabeça e chorei quinze anos de lágrimas. Achei que não fosse mais me levantar a mesma. Não teve abraço, não teve presente. Amadeu não veio porque morreu. O senhor Amadeu era uma lenda. Uma espécie de avô adotivo que dava flor uma vez ao ano.

40 COM CORPINHO DE 39

Eu não tenho – ainda – 40 anos. Tenho quase. Nessa de achar que tenho quase, vivo arredondando pra cima. É nefasta a influência de certas regrinhas da matemática nas nossas vidas. Aprendi cedo, sei lá em que série, que quando passou de 5... pode arredondar pra cima. Por conta disso, vivo aumentando minha idade em 2 anos. Vira e mexe estou dizendo aquela frase assim "pô, tenho quase 40 anos, rapá!". Geralmente, é pra obter algum efeito de respeito ou "cala a boca".

Uma mulher de 40 anos é um mulherão. Ops, vamos dizer que uma parte delas o seja. Generalizar é sempre polêmico. O que é uma mulher de 40 anos? Melhorando a pergunta: O que é uma mulher de 40 anos, hoje em dia? Poxa, ela pode ser tantas coisas.

Conheço muita mulher de 40 anos que está no auge de sua beleza e de sua inteligência. Muito melhores do que eram aos 20, acrescendo ainda uma certa liberdade – inclusive financeira – de fazerem o que quiserem. Em compensação, conheço mulheres de 40 anos que parecem não ter saído do século XIX.

Repito: sou quase quarentona. Não deu ainda pra experimentar a dor e a delícia de fazer os 40, propriamente. Só que já dá pra sentir um cheirinho de realização. Isso aí. Vou chegar aos 40 como queria, ao menos em parte. Bem, na verdade, eu não fantasiava muito os 40. Gastava meu tempo de juventude verde imaginando como seriam os 30. Ter 30 anos, pra mim, era ser um "mulherão", fosse lá em que estilo fosse.

Mas também há tanto conflito nisso, mermão, que é difícil de falar. Vou chegar aos 40 em velocidade de cruzeiro na minha profissão. Isso aí. Fiz tudo o que devia fazer, em tempo hábil, e conquistei uma certa estabilidade. Vou chegar aos 40 mãe de um garoto de 12. Vou chegar aos 40 tendo viajado um pouquinho e tendo pra onde voltar, sem sustos. Vou chegar aos 40 com meus pais ainda vivos e juntos, que privilégio – e cada vez mais comum, por estarem vivos, e incomum, por estarem juntos. Vou chegar aos 40 tendo quebrado apenas um dedo mindinho – e não por falta de estripulias. Vou chegar aos 40 com boas lembranças dos 15, dos 20, dos 30. Isso é fundamental, não acham? Vou chegar aos 40 com uma imensa rede de conhecidos, além da sensação de estar justa no meu tempo, sem muito delay. Vou chegar aos 40 sem sequelas graves. Chegarei aos 40 com alguns poucos segredos. Muito poucos. E vou chegar aos 40 com alguns amigos da vida inteira.

O que não conquistei aos 40? Muita coisa. O que uma mulher deseja ser aos 40? O conflito, pra mim, está nas questões que não puderam ser equacionadas. Infelizmente, uma mulher de 40 que se mantém sozinha e tem uma vida profissional razoavelmente bem-sucedida ainda passou pela provável tristeza de ter uma vida afetivo-familiar meio turbulenta. Ainda acontece? Sim. Principalmente hoje em dia.

Vivi o inferno de chegar em casa, cansada, depois de um dia inteiro de trabalho árduo e ter de enfrentar, ainda, além dos afazeres domésticos, um homem que se achava no direito de fazer beiço, cara feia e emitir um imbecil "você não me dá mais atenção". Nesse sentido, eu lançava logo um olhar fulminante para o meu filho pequeno, como que a lhe dizer: "não imite".

Uma mulher de 40 já viveu muitas coisas. Mas ainda vai viver outras tantas. Uma mulher de 40 tem chances de refazer tudo. Vez em quando, fico cá pensando que cada um de nós se casará ao menos duas vezes na vida. E essa chance ocorre ali pelos 30 e tantos ou 40. É que hoje uma mulher de 40 pode escolher. Ela está bem, voa solo e pode tentar de novo. Ela tem discernimento, se quiser.

Um amigo, dia desses, explicou, segundo sua teoria, por que uma mulher de 40 ouve tanto a piadinha: "vou te trocar por duas de 20". Segundo ele, os homens têm medo das mulheres de 40 porque elas podem comparar. Rá! Tempo de voo, estrada. Este presta, este, não. Mas, admito, a mulher de 40 ainda se engana. Não está livre de todos os infortúnios. Só dos mais evidentes.

Uma mulher de 40 pode dizer "vou ali e já volto". E pode não voltar, se achar que lhe apetece. Ou voltar cheia de ideias.

Mas estou falando de uma certa mulher de 40. Conheço muitas assim. Há outras, no entanto. Nos rincões do Brasil, há mulheres de 40 com rugas que diriam respeito a uma mulher com o dobro da idade. Há mulheres de 40 reféns de maridos violentos. Há mulheres de 40 reféns de tantas outras coisas. Há frustradas, humilhadas e apagadas. Silenciadas, que é diferente de silenciosas.

Quando eu tinha 20 anos, eu queria ser uma determinada mulher de 40. Por diversas razões, até que deu. Mas nem tudo ficou completo e certinho. Houve custo.

Eu não sei por que continuo arredondando minha idade pra cima. Há quem me dê menos anos do que eu tenho. Isso é comum, aliás. E não está explicado nos cabelos brancos – que despontam céleres – e nem em gordura localizada. Isso de se parecer com gente mais nova está no jeito, no sorriso, no olhar. Especialmente no olhar, acho. É que uma mulher de 40 pode recuar ou avançar, conforme queira. Pode se vestir num All Star ou num salto de grife. Ela pode.

Não acho que tenha chegado aos quase 40 com esgares de gente experientíssima. Falta muito ainda. Mas cheguei com fôlego para muitas tentativas. Os joelhos doem meio sem conserto, a cintura precisa ser remodelada, os vincos ao redor da boca denunciam, mas os encantos possíveis estão mais em riste do que nunca. Talvez porque uma mulher de 40 seja altiva e autônoma. Como sabemos, certa postura autônoma tem ares de charme e de decisão, duas coisas muito sedutoras.

Os 30 já vão lá atrás – e outro dia estava pensando neles, num esforço de memória. Os 50 ainda não se divisam. Os 40 são picos, cimos, cristas. Balzac é que não chegou lá pra experimentar.

ELOGIO AO CABELO BRANCO

Os cabelos brancos são incomuns em minha família. Quem os podia ter, mantinha-os pintados de um castanho claro bastante convincente. O avô mais velho ostentava, desde sempre, uns cabelos prateados que em nada se pareciam com algo deselegante. Jeitosos e frequentemente penteados – com um pequeno pente de bolso –, esses cabelos foram motivo, a vida toda, de comentários elogiosos. É daí que conheço o mito do "homem grisalho charmoso".

Entre os parentes ainda mais próximos, vi reproduzido o mesmo expediente: a mãe com um castanho calculado, uma mistura de duas tinturas, para obter um resultado menos artificial. O pai de cabelos eternamente pretos, naturais, com leves insinuações de fios brancos na barba e nas costeletas.

Não somos uma família em que os fios brancos são precoces. Nenhum tio, nenhum primo. Não posso afirmar sobre as mulheres justamente porque nem elas mesmas devem se lembrar da última vez em que viram seus cabelos como são. Fica, então, a história camuflada dos fios de cabelo e, talvez, do envelhecer dessas pessoas. E a mim? O que caberia?

Certa vez, diante de Angela Lago, autora de literatura infantil que admiro muito, tomei coragem e elogiei seus branquíssimos cabelos curtos. Ela, com aquele olhar sorridente, me respondeu dizendo que "depois de certa idade, o branco traz um semblante de paz". Achei bonito, mas a baliza da "certa idade" ainda me desconcertou. O mesmo talvez eu dissesse a Adélia Prado, aquela senhora poeta mineira, que também traz sobre si uma coroa de fios branquíssimos. Quantos conselhos sobre isso ela deve ter enfrentado na vida? E quantos ela solenemente desconsiderou?

É, então, algo em que ponho reparo, desde sempre. Mas nem sei se sempre achei bonito ou interessante. Na verdade, meu incômodo vem das questões com a liberdade e os moldes – não modelos – que configuram o comportamento estético de uma mulher, em nossa sociedade.

Não quero enveredar por um discurso feminista ou cansativo. Quero mesmo é me lembrar da minha trajetória até o momento em que decidi que meus fios brancos ficariam como estão. E já estão há algum tempo.

Minha amiga, professora da Universidade Federal de São Carlos, tem os cabelos médios extraordinariamente grisalhos. E eu disse isso a ela, certa vez, prevendo meu futuro. Mas eu também investigava, junto ao meu elogio, como ela suportava a vida sendo uma mulher grisalha. E, sim, ela tinha umas experiências a contar.

Quantas pessoas se admiraram, ao me ver de perto, com meus fios longamente brancos? Quantas, quase desconhecidas, me deram conselhos sobre desleixo, cuidados, estética, feminilidade e tinturas? Quantos já me disseram, em tom tão delicado quanto auxiliar, que o cabelo branco me envelhece? Ah, caros, é bem o contrário: o envelhecimento é que os traz. Mas afora as questões de cronologia e lógica, estou diante de um conflito entre o que sou e o que devo ser.

Até hoje, desobedeci, francamente, a todos os conselhos, de amigos ou não, sobre cabelos brancos. Também desprezei as indicações de cor e técnica. Balaiagem pode despistar. Não vem ao caso. Mesmo nos salões de beleza, onde minhas características saltam mais aos olhos, tenho me esquivado dos desejos alheios para dar vazão aos meus. E vamos ficando assim, enquanto dura a persistência.

É teimosia? Não creio. É apenas o que é. Simples como as unhas crescerem e as rugas surgirem são os cabelos embranquecerem. Ou não? Curiosamente, isso não me parece extraordinário. Nem nos outros, nem em mim mesma. Onde está minha beleza? Se há alguma, está num conjunto e talvez na pinta ao lado do olho.

Os fios brancos vêm do couro cabeludo e descem até as espáduas. São transgressores, vivazes, destacam-se dos outros fios, tão mais, que são pretos. Fogem do alinhamento de tudo, esvoaçam mais transparentes. Ao contrário dos velhos da cidade, os fios brancos são pouco penteáveis. Alguns, para minha surpresa, são degradê. Vão ficando brancos, numa trajetória que deve ter ocorrido junto com os fatos da vida. Vão ficando mais duros e menos conciliáveis.

Li, numa revista, que os homens andavam platinando os cabelos pretos. Oh, céus! Para homens, isso é platinar. Quantos discursos não temos para nos driblar. Apenas às muito velhas é permitido desistir de se parecerem jovens. Que xampu é esse que deixa seus cabelos de um cinza lindo?

E então, vivia eu, plenamente, meu conflito entre os outros e meu cabelo, quando um amigo, terrivelmente doce, ao falarmos sobre alguma foto em que meus fios alvos apareciam em destaque, disse: "Deixa assim. Isso te dá um charme". Não foi pequeno meu susto ao ouvir um homem dizer o que quase ninguém diz, especialmente a uma mulher. Uma mulher charmosa não costumava ser a grisalha. Não sou ainda isso, mas posso vir a ser. E alguém me acharia, então, charmosa? É isso o que me anima a sempre pensar que há gosto para tudo neste mundo. O discurso da diversidade é uma brincadeira, eu sei. Ele, geralmente, não passa de meia dúzia de frases na boca da maioria das pessoas. É, ainda, necessário se "encaixar". Mas quando um homem diz que está tudo bem, é pra se comemorar. E quando uma mulher me disser isso – o que é mais difícil –, vou achar que ainda é tempo de a gente viver como quer, inclusive com os cabelos.

MOMENTO IDEAL E CONCILIAÇÃO

"Professora, tive de faltar à sua aula ontem por motivos muito sérios. É que..."
"Ah, desisti porque minha vida está complicada..."
"Vou deixar para depois. Vou esperar o momento ideal."
Professor precisa escutar muita coisa. E precisa ouvir com paciência. Fazer o esforço de compreender verdadeiramente. E nem sempre responder nada. É opcional pegar a papelada em cima da mesa e sair, sem fazer expressão de desdém ou de comoção profunda. Ou, de outro modo, parar, largar tudo no chão, abraçar a pessoa e dizer palavras duras. Talvez palavras doces. Não dizer nada, mas demonstrar calor no abraço. Alegria ou vazio.

Cada aluno que desiste é uma história. Uns somem, simplesmente, sem deixar vestígio. Às vezes, dão sinais anteriores de fadiga ou de desmotivação. Às vezes, nem isso. Simplesmente desaparecem. Outros optam por dar satisfação. Chegam perto, dizem umas coisas, ensaiadas ou não, e se vão. Trocam de curso, mudam de cidade, ficam em casa, tentam de novo, não tentam nunca mais. Os motivos são muitos, vários e às vezes insondáveis.

Certa vez, uma aluna muito antipática, desde sempre desalinhada com tudo, com todos, com a turma e com os professores, deixou de comparecer. Era previsível. Era um alívio. Mas ela parou no corredor, por um breve momento, para dizer a um professor: "Ó, estou saindo fora. Não me adaptei. Isto aqui não é minha praia". Estava na cara. Ela demorou mais do que todos nós para descobrir sua resposta. Enfim, fez questão de desdenhar da escola, antes de sair, como quem deixa a sala depois de bater a porta com má educação.

Há alunos, no entanto, que vêm contar dificuldades. E estou, como se nota, falando de alunos adultos. São estudantes de cursos de graduação, de graduação tecnológica ou mesmo de pós-graduação. São profissionais, ainda jovens, mas em sua maioria mais velhos, muitos casados, com filhos, problemas familiares e uma história notável atrás de si.

Não estou falando de jovens iniciantes da faculdade, estes que fizeram tudo a termo e podem estudar em tempo integral, contando com o financiamento dos pais. Não. Não é também de estudantes de cursos "de elite" (embora isso vá se desfazendo, muito aos poucos). Trato aqui dos cursos noturnos que muita gente busca já depois de certa experiência profissional ou após uma vida correndo atrás das atualizações necessárias. Ou de um sonho, quem sabe?

Esse aluno, essa aluna, vem dizer que desistirá. E não que a aula seja ruim, que a escola seja precária, que os colegas sejam intragáveis. Não. Este estudante vem quase pedir desculpas por ter entrado. Ele vem pedir desculpas pela vaga que ocupou. E lamentar que não tenha feito jus à proposta que fez aos outros e a si.

Quando a pessoa diz que tem problemas, que não pode, que não quer, em tom decidido, sem subterfúgios, eu ofereço meu olhar de solidariedade. Mas eu jamais me calo. Eu sinto a necessidade de fazer perguntas óbvias, como: Tem certeza? Não tem jeito mesmo? Vale a pena? Você não vai se arrepender? Vai perder o pique depois?

No entanto, quando a pessoa me dá o argumento da dificuldade de "conciliação", ah, não, aí eu não perdoo. Eu não perdoo porque a vida de adulto é, eternamente, conciliar. Não existirá mais o famigerado "momento ideal". Ele simplesmente não virá. Ele se perderá entra as contas de água e luz; se esconderá entre os filhos, na hora do almoço; se deixará levar pelas horas do trabalho assalariado; ele morrerá nos sonhos de uma profissão.

Desde a entrada na vida adulta, o tempo escasseia. Passa a ser contado às avessas, uns dias a menos, os horários de despertador, os *timings* dos outros, sempre os outros. O tempo passa a ser uma variável quase indomável. E as pessoas continuam se empregando, se casando, proliferando. As outras coisas virão, tomarão seus lugares, menos ou mais amplos. E os estudos ficarão para depois.

Só que depois é logo. Nessa escala de adulto, depois é ali. Depois é o ano e meio da especialização, os dois anos do mestrado. Os quatro da graduação, noturna, talvez. O certo é que passarão rapidamente. E o arrependimento é quase inevitável.

Uma aluna de mestrado quis desistir. Teve problemas pessoais típicos de um adulto: vida financeira precisando melhorar, morar só, o noivado acabou, a tristeza tomou conta, o emprego ruim, um concurso público em vista. E ela queria desistir. O mestrado pela metade, o investimento feito. Os olhos fundos de cansaço e tristeza. Mas o modelo de felicidade – casa, marido, descanso e emprego – não a deixava em paz. Quase caiu. Não deixei. Fui dura. "Você não pode desistir no meio! Vai passar rápido! Valerá a pena. Pode aumentar suas possibilidades. Mas, antes disso, já pensou? Como você vai se encarar depois de desistir no meio?"

Bom, ela foi. Ela seguiu. Sempre acho emocionantes os fechamentos de cursos. Em todas as etapas, do ensino médio à pós-graduação, as pessoas mudam muito. Os graduandos crescem, florescem, mostram coisas insuspeitadas a nós, que estamos ali participando de suas caminhadas. Os pós-graduandos tornam-se pensadores, muitos. Vários, não. Mas muitos passam à vida de formadores, profissionais, professores e vão semear mais. É absolutamente emocionante assistir à defesa de mestrado, só para um exemplo, de uma pessoa que chegou tímida e sem qualquer noção da teoria X ou Y. E mais emocionante ainda é ver como ela conclui um trabalho após a superação de um leque grande de dificuldades da vida adulta: a pressão, a doença, a morte até. Superou a falta, o despreparo, os horários de trabalho, o sono, a vigília, o nervosismo. Conciliou com o fim do noivado ou com o casamento. O marido, a gravidez, quem sabe? Conciliou com as viagens ao interior. Conciliou com a diversão, as férias em família, o intercâmbio. Conciliou consigo mesma, quando deu a impressão de que não teria forças para continuar.

Pela vontade dessa conciliação, as pessoas já mereceriam os parabéns. Mas elas fizeram mais. E alcançaram um grau, uma graça, um outro horizonte. E se eu estiver soando otimista demais, perdoem. É isso mesmo.

Os alunos nos olham e querem saber nossas histórias. Quando eles nos admiram, eles querem saber como foi que conseguimos. Muitos acham que tivemos condições muito melhores para fazer o que fizemos, para chegar até ali, até aquela condição de formadores. E então pode ser bom contar uma história absolutamente igual à deles. As moças querem saber como conciliei marido, filho, casa. Os moços querem saber como conciliei viagens e estudos. E há os que mostram surpresa grande quando sabem que tenho filho! Quando não a perplexidade de algumas ao descobrirem que ainda há maridos que sabotam as esposas que saem para se qualificar.

Não existe mais o momento ideal, eu disse a um dos meus alunos. Não existe. Afirmei de novo. A vida vai fazer todos esses movimentos, simultâneos. E eles serão sempre simultâneos. E se você não jogar mais este ingrediente aí nesse redemoinho, você não vai mais estudar. Faça o plano, olhe o calendário com firmeza e toque em frente. No dia da sua defesa, estarei lá para assistir e te dar um abraço meio assim: "Viu só, mestre? Eu não disse que daria?"

NOTURNO PARA OS NOTÍVAGOS

Eu sei que nem todo mundo janta. Esta é uma generalização só para ser didática. Não é para se transformar em caso de luta de classes. Mas vejamos: dos que preferem o lanchinho com pão na chapa aos que não têm o que comer à noite, todos estão fora do grupo que quero descrever aqui: os que trabalham à noite.

É que eu trabalho à noite. Muito. E sempre. E mais: eu gosto de trabalhar à noite. Toda vez que penso nisso, me vem a lembrança de uma música do Kid Abelha, alguém recorda? Não lembro o disco, mas é fácil de achar. "Trabalhador da noite, meu serviço é seu prazer... sempre em casa depois do amanhecer". Eu achava bonitinha a homenagem, mas não me enquadrava bem nisso. Tá certo que a canção é para os profis-sionais do sexo, provavelmente, o que não é meu caso.

Os deslocados

Eu me senti meio deslocada por isso, por trabalhar à noite. Faça aí uma listinha, para além das prostitutas e assemelhados: guarda noturno, vigia, porteiro, padeiro (?), motorista, médico (os de plantão, geralmente os mais jovens), enfermeira (e assistentes e técnicos), coveiro, jornaleiro, jornalista também, garçom, balco-nista de todo tipo, caixa e... professor. Veja que uma enormidade de pessoas executa profissões de turno noturno. Pegam depois das seis, largam no dia seguinte, chegam em casa ao contrário de todo mundo, cumprimentam o ascensorista do elevador com cara de quem ainda vai dormir, lancham em turnos trocados, dormem até meio dia e levam má fama injustamente.

Ah, os padrões. Como me enchiam a paciência! A começar pelas minhas preferências na escola. Sempre tive muita dificuldade de me concentrar de dia, então preferia fazer tudo da tarde para a noite. Aproveitar a madrugada e dormir de manhã eram minhas especialidades. E sempre me dei bem com o que eu tinha de cumprir, mas não com os outros, os olhares dos outros e as regras predeterminadinhas dos outros. Ouvi muita palestra dispensável sobre por que eu deveria gostar das manhãs. Minha cabeça estaria descansada, minha inteligência estaria mais arguta, minha vida seria melhor, meu futuro seria muito mais promissor. (Bocejos incontroláveis).

Não atendo!

Minha dificuldade era visível. Eu preferia então turnos vespertinos, estudar à tarde ou à noite, descansar enquanto todos dormiam. Na adolescência, já tinham em casa minha ordem expressa: não atendo telefone antes das 12h. Combinado. Mas jamais digam que estou dormindo. O comando era dizerem que eu "saí". Volto logo. Porque o mundo jamais entendeu que enquanto dormiam, eu trabalhava ou estudava, à luz do abajur. (Abajur e lâmpada são objetos da minha enorme estima). Já diziam logo, com tom de condenação: "dorminhoca, hein?" E era injustiça.

Mas tinha regra para tudo, e eu não estava dentro da regra. Não me daria bem nos estudos nem no trabalho. Não conseguiria sobreviver se não acordasse todos os dias às 6h. Era meu terror. E durante muito tempo, fiz isso, é claro. Até ir conquistando a vida que me parecia de mais qualidade: obedecer ao que pediam meu corpo e minha atenção.

Professora

Ser professora tem destas. Todo mundo quer pegar as aulas da manhã, as da tarde já soam como castigo. Pois eu quero tudo depois das 16h. Alegria. Com a vantagem incomensurável de andar sempre na contramão do trânsito. Eu vou. Eu quero. Pego aula, pego orientação, pego serviço administrativo. Mas só quando as pessoas estiverem retornando para seus lares. Enquanto esquentam a janta ou abrem o pão de forma, eu dou aulas para trinta ou quarenta alunos (e nem todos satisfeitos com o horário). Mas é tudo tão feito para quem vive no horário comercial! Tão difícil fazer de outro modo ou enxergar os outros. Trabalhar à noite não tem prestígio, afinal. Talvez apenas para os veneráveis médicos, que dão plantão e soam como heróis. Para os demais, é como se fosse um limbo, falta de opção, desgraça recaída. Para mim não era, não.

Nutricionista do dia

Há uns doze anos, lembro de frequentar um nutricionista. Era uma clínica-laboratório, dessas dentro de faculdades, movidas a professores e estudantes. Ótimo. Fui lá iniciar minha reeducação alimentar. E recebi minha lista de substituição de alimentos, empolgada, a fim de mudar tudo. Menos uma coisa: os horários possíveis para me alimentar à noite. Conversei com o nutricionista-chefe, expliquei que não havia a menor chance de eu jantar naquele horário X, quando eu sempre estaria em sala de aula. Ele me olhou assim meio lamentoso, disse qualquer coisa, pediu que eu me adaptasse. OK. Vamos aprender a comer barrinha de cereal entre uma frase e outra. E assim foi minha reeducação alimentar: fora do horário comercial, dos almoços e jantares das pessoas que trabalham de oito às dezoito e podem cumprir horários de lanche.

Uma lástima mesmo: nem mesmo nas escolas, onde tanta gente trabalha à noite, as cantinas ficam abertas até o encerramento da batalha diária. Quando saio da sala de aula, topo com corredores vazios, quase escuros, estacionamentos silenciosos, portas fechadas, nada para comer e perigos insinuantes. Um horror. O mundo não é feito para nós, embora algumas cidades se gabem – hiopócritas! – de serem 24h.

Vendedora de colchas

Certa vez, uma mulher veio vender colchas e cobre-leitos à porta de casa, bem na hora em que eu saía para trabalhar. Tentei me desvencilhar dela para não me atrasar. Ela era insistente, agressiva. Eu fechei o portão, disse que precisava sair. Ela me questionava, por que não poderia atendê-la, seria rápido, e fazia menção de tirar uns produtos de dentro do porta-malas do carro. Eu entrei no meu e não dei chance. Tinha mesmo de chegar. E eram quase cinco da tarde. Quando ela se irritou de vez e disse: "pensa que me engana? Quem é que pega serviço a esta hora?" Não, não perdi tempo explicando que professores, por exemplo. Saí pela esquina atrás dela.

Uma vida perfeita depende de turno

Regras, regras. Dia desses, li um texto que falava de pais e filhos, receitas para ter e manter a família perfeita. Quanto clichê e quanto discurso científico. E que amargor na boca, meu Deus. Estarei condenada à infelicidade eterna e a ter filhos problemáticos? Insanos, incuráveis? Que terror me veio enquanto lia aquelas linhas sobre pais (geralmente pais) que chegam às 18h30 em casa e vão brincar com seus rebentos saudáveis; mães que vêm do emprego de meio horário e fazem, elas mesmas, a sopinha nutritiva. E então vão fazer programas em família, num lar com jeito de aconchego, TV de led, Netflix, filmes edificantes ou os deveres da escola. Perfeição. Mas só para quem trabalha em horário comercial. Tudo ali era padrão. E eu cá… com meus horários ao contrário, filho que estuda à tarde, dorme tarde da noite, faz dever em outro horário e está muito bem, obrigada. Lá pelas tantas, esse tal desse texto dedicava um ou meio parágrafo a dizer que existem aquelas pessoas que trabalham em outros horários e para as quais a vida precisa ser adaptada. Aleluia! Alguém se lembrou de nós.

Noturna sim

Sem vitimismo. Alguém precisa trabalhar à noite, para que as escolas tenham turnos estendidos ou para que os bares funcionem à noite ou para que haja diversão, segurança, transporte, saúde. Minha riqueza foi perceber minhas dificuldades desde cedo e ir desenhando minha vida para que ela me parecesse menos árida, mais possível, mesmo que na contramão da maioria. Há quem odeie trabalhar à noite e sonhe com um "emprego normal". Há quem não. Há. E por que não?

RELATÓRIO DE COMPRA

Se isto se parecer com uma crônica, terá sido puro efeito de linguagem mesmo, porque o que ora venho fazer aqui é um relato, quase um relatório, desses textos que quase se colam à vida, de tão realistas. E lá vai.

Flora

Na terça-feira, dia 11 de fevereiro do corrente, ali pelas 15h, pouco mais, pouco menos, subi a rua íngreme em direção à floricultura. Trata-se de um estabelecimento antigo no bairro, referência para os passantes, do tipo que a gente diz "você chega ali na flora e vira a segunda à direita". A flora compõe-se, na verdade, de duas lojas geminadas, sendo uma um depósito de construção, já aumentado com o sucesso dos anos de funcionamento, e o outro o escritório da floricultura, onde, além do caixa onde fazemos os pagamentos, podemos também escolher vasos, vasinhos, vasões, sementes e suportes de toda espécie. Há também, lá no fundo, uma porta que dá para um banheiro infestadíssimo de pernilongos. Este prefiro não frequentar.

Entrei pelo escritório da floricultura, não sem antes dar uma espiada dentro do depósito de construção, coisa que sempre me interessa. Encontrei o balcão do caixa vazio, as atendentes sumidas e umas moças brincando de escolher vasinhos de plantas. Como minha paciência estivesse grande, mas meu tempo, não, resolvi adentrar a parte onde ficam as plantas, embaixo de sombrites que as protegem do sol exagerado. Ouvi um barulho de terra sendo cavada. Fui naquela direção e logo avistei o funcionário mais antigo da casa. Não por acaso, e sem mentira, ele atende pelo nome de Matozinhos. Um senhor cuja idade é difícil de adivinhar. A pele de rugas estreitas pode ser culpa do sol sob o qual trabalha há décadas. Talvez seja mais novo do que aparenta. É, certamente, mais forte e mais magro do que muito rapagão. É um pouco como se a cabeça não correspondesse ao corpo, à maneira de bonecos desmantelados. E de uma simpatia ímpar. Boa tarde, o senhor está bom? Oi, moça. Tudo bem e com a senhora? Tudo bem. Será que o senhor sabe se tem aqui umas pleomeles? Ah, tem sim. Tem de dois tipos. Deixa eu te mostrar, elas estão lá embaixo. Não precisei pedir. Ele imediatamente me atendeu e quis me mostrar as mudas. Porque planta se compra é assim, escolhendo, feito fruta e verdura. E o preço depende da muda, do tamanho que ela tem, da raridade da planta, do que ela pode virar. E eu queria uma planta resistente, que precisasse de pouca rega, dentro das possibilidades da minha vida e do meu pequeno jardim.

Sombra

Fui, naquela tarde, à floricultura comprar uma futura árvore e três arbustos. Na verdade, fui comprar futuras sombras para a varanda. Desde que o vizinho retirou, com autorização da Prefeitura, a imensa árvore que sombreava minha varanda, ando incomodada com o calor da sala, com a dilatação da porta de ferro, com a luz excessiva pelas janelas. Nada pode ser melhor do que a sombra de uma folhagem. Vamos lá. Entrei debaixo do sombrite onde estava o jardineiro, adentrei uma senda ladeada por plantas de todo jeito e cor e cheiro. Não reconheço nenhuma. Minto, talvez duas ou três: uma bananeira ainda baixa, a pleomele igual à do meu jardim e talvez um cacto, embora retorcido além da conta, um alien. Das demais plantas não posso dizer nada. Passo então à consultoria do seu Matozinhos. Quero uma planta que fique alta, um arbusto que sobreviva encostado num muro alto e que o ultrapasse, se tudo der certo. Tenho uma experiência positiva de doze anos com quatro ou cinco pleomeles de duas cores. Quero também uma muda que se transforme em árvore, mas que não seja monstruosa, ameaçadora. Quero plantas que não me exijam mais do que posso dar. Que bebam água à vontade, meio autônomas, e que brinquem bem com cães e com o sol de meio-dia. Quero-as. Matozinhos fechava um pouco os olhinhos sob as ruguinhas, tirava o boné e, com a mesma mão, dava uma coçadinha na cabeça meio careca. Pensava. É assim que muitos entendidos de muitas coisas pensam. Daí passava a me ensinar um pouco sobre as plantas, tocando-lhes as folhas, com um carinho de quem cuida delas há anos. Fazia afirmações sobre elas e seus hábitos. Achava que esta não se daria bem no meu jardim, mas esta, sim. Falava preços e me dava sugestões para pagar menos. E falava em substrato e siglas de compostos importantes e água. Enfim, escolhi aquelas duas pleomeles verdes maiores. Custam menos que as de duas cores. Mas pedi também uma bicolor. Não resisti à composição. Embora aqui eu não tenha qualquer talento para a coisa, jardim é também edição, diagramação e design. Matozinhos sabe disso e sabe de como as plantas sobrevivem aos/às donos/as. Ele foi tirando as mudas dali, em vasos de plástico preto. Foi trazendo para o beco onde estávamos, quase nos meus pés. Foi perguntando se esta estava boa, se não estava. Se eu queria menor ou maior. Foi fazendo uma pequena fila de mudinhas. E eu fui olhando, cerimoniosa, sem tocá-las. Tentando imaginar como elas cresceriam, juntando paciência para esperar por anos e já curtindo a sombra que a varanda há de ter, um dia; sob a qual meu banco de madeira sofrerá menos e onde voltarei a pendurar uma rede, presente de um amigo cearense.

Pausa para drama

Em meio a essa escolha bucólica toda, acompanhada do seu Matozinhos, tão apropriadamente jardineiro e funcionário da floricultura, passamos a ouvir barulhos de telhas se quebrando e um burburinho, sussurros e umas passadas que logo quebravam mais telhas. Cinco ou seis homens fortes, fugindo da polícia, pulavam o muro lateral da flora e passavam por nós, sem nos ver direito, ainda bem. Meu coração se enregelou em menos de um segundo e estive paralisada, sem saber se o melhor era correr ou me esconder dentro de um cômodo pequeno que servia de depósito. No fim das contas, fiquei parada, talvez na esperança de me confundirem com uma planta. A bandidagem, em ritmo de fuga de presídio, passou sem nos molestar, embora minha adrenalina não soubesse de nada disso. Morri e vivi de novo. Depois de não ver mais as costas daqueles homens, liguei para a polícia e fiz um relato bem mais rápido e bem mais direto do que este, mais realista, talvez. Fui ao caixa, onde duas meninas já estavam de volta, atônitas, comprei ainda uma corujinha de metal e voltei para casa, sã e salva. Um dia espero ter minha sombrinha na varanda.

MEU REINO POR UMA WEBCAM

De janeiro a maio de 2020, o Google Trends registrou uma movimentação importante nas vendas de certos itens pelo consumidor brasileiro. Por exemplo: a venda de cadeiras de escritório disparou. Eu mesma conheço pessoas que andaram fazendo esse tipo de pesquisa pelas redes sociais, a fim de melhorar um item que se pode ter meio precário em casa, fora dos tempos de pandemia. Não é meu caso porque quase moro na minha cadeira, e esse é um item caro... e na verdade a gente investe em saúde e na coluna, não apenas na cadeira. Segundo uma matéria do Nexo, todos os itens que têm relação com o computador tiveram aumento nas vendas. Eu mesma engordei essa estatística. Meio inocentemente, quando percebi que fazer live pelo celular seria sofrido, tratei de encomendar uma webcam. Não foi fácil. Acho que ninguém pensava mais nisso. A experiência recente me levou a crer que a webcam não apenas passou por um aumento de vendas, como também por uma espécie de ressurreição. Liguei para três lojas de informática diferentes antes de partir para o e-commerce. Quis prestigiar o comércio do bairro, depois o da cidade e tive de apelar para a boa e velha Americanas. Antes disso, liguei numa lojinha e a atendente riu de mim. Acho que me imaginou uma senhora do século passado ou retrasado, quando perguntei por webcam. Ela, jovenzinha, pensou depois que fosse trote e disse: "agora, sério: o que a senhora deseja?". Era mesmo uma webcam. Na outra loja, também antes por telefone, quase tive de explicar à recepcionista o que era a câmera que a gente acopla ao computador de mesa. Talvez ela nem conhecesse um computador de mesa. E fui vendo que o buraco era mais embaixo. Desisti antes que ela risse de mim, mesmo estando errada. Imagino que, hoje em dia, a mocinha esteja faturando justamente com webcams. Bom, em todo caso, expliquei pacientemente que era um tipo de câmera diferente de Go-Pro e dessas que vigiam as casas das pessoas. Fiquei sem meu artigo de informática. Entre uma ligação e outra, resolvi procurar nos meus guardados e mexer nas caixas de plástico cheias de CDs de instalação e pendrives de baixa capacidade. Encontrei duas câmeras antigas, em bom estado. Achei inclusive seus CDs de instalação, mas não encontrei um drive que o lesse, num raio de 2 km. De que adianta o software sem o hardware? Tentei na internet, aquela que tudo tem e tudo mostra. Nada. Nem no fabricante encontrei um drivezinho para baixar. Houve um tempo em que não existia periférico *plug and play*, imagina? Entao desisti da minha antiga câmera de mesa. Voltei aos telefonemas, já meio desanimada. Lá pelas tantas, digitei o endereço da lojona, *market place*, e tasquei lá na busca: webcam pc. Achei várias. De preços muito variados também. Coisa profissional e coisa amadora. Fui nas últimas. Coisa de oitenta reais, uma semaninha de espera, frete barato e eu teria minha câmera, para fazer lives sentada em minha confortável cadeira, comprada uns meses atrás. Paguei e fui dormir, tentando não ficar ansiosa. No dia seguinte, sem exagero, toca a campainha. Era já minha webcam, prontinha para o uso. Espetei o USB no computador, dei dois ou três OK nuns botões que surgiram e pronto: apareci despenteada, mas sorridente, bem diante de mim. Garanti a sobrevida durante a pandemia. Será que posso me considerar uma visionária? Espécie de mãe Diná da informática? O fato é que a vida foi ficando cada vez mais on-line, mais confinada, e minha câmera passou a valer uma pequena fortuna. Minha irmã, faz pouco, precisou comprar webcams para a empresa onde trabalha e teve enorme dificuldade. A mesma câmera que comprei por oitenta mangos custa, agora, mais de trezentos. As poucas horas que esperei para ter meu item em minha casa se transformaram em 30 a 45 dias úteis! Nada mais é como antes. E a lista dos periféricos muito cobiçados e até ressuscitados só cresceu. Segundo a matéria do Nexo, mouse, roteador e teclado estão nas cabeças! Outro tipo de item cujo consumo decolou foram os pijamas. Não precisei de nenhum porque tenho apreço por eles ao longo do ano, mas durante a pandemia eles viraram elemento da cesta básica, parece. E não adianta ter rendinha e botão. Acho que o conforto se tornou critério eliminatório. Mas isso já é inferência minha. Itens de limpar a casa, máquinas que fazem café e comida, equipamentos de esquentar alimentos, tudo isso subiu no conceito de todo mundo. E o preço subiu além do conceito. Fretes e esperas lá nas alturas também. É claro que parte disso responde pela escassez; outra parte deve ser desonestidade, deslealdade e oportunismo mesmo. Convenhamos: que sacanagem. Jogos de todo jeito também se tornaram queridinhos. Mesmo jogos analógicos, como o quebra-cabeça. Não é interessante? Passar o tempo quebrando a cabeça sempre foi legal; agora virou necessidade básica. Uma cabeça, aliás, que tem passado longe do cabeleireiro, o que levou à escalada da procura por máquinas de corte, até para quem tem escassez nessa região do corpo. Minha experiência com as máscaras, EPI gambiarral que hoje sustenta famílias inteiras, também foi interessante. Comecei comprando descartáveis, já por uma fortuna; acabei comprando de pano, por cerca de quinze reais a peça; hoje compro em qualquer padaria, a cinco reais, de boa qualidade. O item se tornou parte do guarda-roupa, combinação com as raras peças de sair à rua. Tenho gostado de observar o tal comportamento do consumidor, em especial quando está tudo de pernas pro ar, as pessoas não têm se deslocado normalmente e o que parecia item esquecido se tornou objeto de desejo e necessidade. Ponto para a webcam. E anotem aí: eu, a ás das lives, ainda voltarei ao telefone para responder à risadinha daquela atendente a quem expliquei o que era webcam. Me aguarde, miga!

EDUCAÇÕES

MEU QUERIDO AEROPORTO #SQN

O piloto...

Dez minutos, quinze, meia hora. É... o voo está atrasado. Não apareceu na telinha ainda, mas está.

Muita gente no salão. Crianças, bebês, senhoras, casais. Antes sossegados, agora já batucam com os pezinhos. Impacientes. O inglês casado com a brasileira magrinha faz esforço para olhar os peitões da moça à sua frente. Esforço para não ser notado pela esposa. Foi divertido observá-lo. E fiquei pensando em quanta confusão eu poderia instilar. Viagens.

Ninguém assumiu ainda, mas o voo está atrasado. As pessoas começam a conversar, comentar, fazer amizades que durarão meia hora. Há sempre alguém – geralmente advogado(a) – que vem ensinar aos demais como processar uma companhia aérea. Oficina de processo bem na minha frente. Pode ser útil.

Meia hora. Quarenta minutos. Nada. As pessoas começam a pagar cafés e capuccinos de dez reais na lanchonete estrategicamente colocada ali. Ninguém vem dizer o que está havendo.

Quase uma hora depois do horário que estava no cartão de embarque, aparece uma moça com o uniforme da companhia aérea. Ela vai para o balcão, ao lado do portão, e mexe no microfone. Desiste. Passa a conversar com alguém pelo walkie-talkie (meu sonho de consumo na infância, ah!).

Uns passageiros começam a falar com ela, pressionando sobre informações do voo. Ela sorri. Aprendeu isso no treinamento. As pessoas querem saber. E começam a aparecer histórias particulares, necessidades, urgências. Alguns passageiros já estavam ali remanejados de voos anteriores, cancelados. Mau tempo? Aeronave em manutenção? O que mais? Vai sair ou será cancelado também? As vozes das pessoas já não estão normais.

Lá pelas tantas, uma mulher mais inflamada pede explicações de um jeito assertivo. A moça da companhia aérea responde alto, para todos:

– Senhores, está tudo certo. A tripulação está aqui, os passageiros estão aguardando, só falta o detalhe do piloto. Estamos esperando o piloto. Ele deve estar em deslocamento.

Só o piloto.

Falo pro meu pai, pelo Whatsapp: pai, o piloto sumiu. Ele responde, em gravação de voz: pelo menos não foi durante o voo. Risadas. Risadas.

Mais alguns minutos e vem outra mensagem pelo Whatsapp:

– E aí? O piloto apareceu? Com estas novas tecnologias, vai ver nem precisa mais de piloto. O avião pode voar sozinho!

Achei melhor não. Respondi:

– Pai... não sei. Vai que é Windows e, de repente, vem uma mensagem assim: Este programa executou uma operação ilegal e será fechado.

Risadas. O piloto sumiu. Alguém aí tem brevê? Pilota aeronaves? É viciado em videogames e simuladores?

Uma hora e meia depois, surgiu um piloto para nosso avião. No momento em que a mocinha pegou o microfone e anunciou o embarque, quase cuspi meu capuccino de 10 reais. A multidão no salão emitiu um:

– Aêêêêêê! – alto, bem alto, reação de estádio.

Todos aliviados, nervosos, tensos, aliviados de novo. Pronto, vamos embora. Cada um com suas necessidades e urgências.

Não vimos a cara do piloto, nem na saída da cabine, depois do pouso macio. Eu teria me despedido: Tchau e obrigada, senhor Windows.

Meteoro da paixão

Não tinha mais espaço para minha mala de mão na cabine do avião. Olhei daqui e dali, em fração de segundo, e não vislumbrei nada perto da minha cadeira. Acho que alguns perceberam minha cerimônia em ajeitar pacotes dos outros para enfiar meus pertences. Um senhor me deu um toque:
– Tem lá atrás, ó. Eu te ajudo, quer?
Enquanto isso acontecia, eu sustentava minha mala meio no ar, em cima da cabeça de uma senhora, que olhava tudo amedrontada. Alertei:
– Uai, o senhor põe lá? Mas a mala tá pesada...
Ele duvidou, tenho certeza. Olhou incrédulo pra mim, com um sorrisinho meio faceiro por baixo do bigodón. Eu avisei de novo:
– Moço, tá pesado, é livro. Tá cheio de livro aí dentro.
Ele disse um "que nada" e pegou minha mala. Quase a deixou cair na cabeça da dona. Rolou um pânico rápido. A senhora pôs as mãos pra cima, como se fosse segurar um meteoro. Nada demais. Mas ela me odiou, eu sei.
Enquanto eu me sentava, o senhorzinho voltou, dizendo que não conseguiu levantar a mala e que havia pedido a um rapaz mais jovem.
Olhei lá atrás, quase discretamente. Vi minha mala de lado, meio tampada já por umas bolsas. Tudo certo.
Depois que se ajeitou na cadeira e apertou o cinto, o senhor olhou pra mim, sorridente, pra dizer:
– Menina, mas você lê demais, hein! Como pode?
– É, moço, tem que ler, né?...
Respondi pra desconversar.

Éramos três passageiros em linha: eu na janela; uma moça no meio; o homem no corredor. Mal me recostei na cadeira, a moça do meio sacou um livro e começou a ler, em italiano.

É, moço, tem que ler...

FIQUE DE CINTO ATÉ A PARADA TOTAL DA AERONAVE

Aquele plec, plec, plec de fivelas de cinto de segurança se abrindo me irrita muito. Mas não me irrita porque o barulho me faça sentir gastura; me irrita porque, geralmente, o comissário de bordo acabou de dizer: "Mantenham-se sentados, com o cinto de segurança afivelado, até a parada total da aeronave". Sinto como uma mãe que acaba de dizer "não faça" ao pimpolho, mas o atrevido a olha bem nas pupilas e desobedece. É, afinal, dessa educação parca de que se está tratando aqui.

Sempre, sempre mesmo, que viajo de avião – e isso ocorre muitas vezes ao ano, por conta do trabalho –, eu vejo as pessoas fazerem isso sem cerimônia. Eu tenho cerimônia para abrir o cinto e para me levantar, enquanto a aeronave se move. Mas não principalmente por isso. Minha cerimônia existe porque deve haver um motivo para terem pedido que eu ficasse sentada, de cinto atado. Por isso é que informação costuma ser importante. Se todos soubéssemos o que nos pode acontecer se desobedecêssemos, talvez mais pessoas me acompanhassem nesta cerimônia.

No entanto, isso não rola porque as pessoas curtem a experiência empírica. Fazem uma, duas, três vezes. Se não acontece nada visível, tipo, se o avião não cai, então pensam que não precisam obedecer mais a qualquer norma desse tipo. Ou não. Sei que ter informação não é tudo, justamente porque conheço muita gente que a tem, aos borbotões, e nem por isso consegue conter sua má educação. Começo por mim, que sempre fui muito leitora e esclarecida, mas engravidei sem planejar, assim mesmo.

Bem, mas ocorre que também já vi cenas curiosas por conta da desobediência das pessoas, dentro dos aviões comerciais.

Numa dessas cenas, a aeromoça, um tanto impaciente, disse a todos, pelo sistema de som, pausadamente: "Mantenham-se SEN-TA-DOS, com os cintos A-FI-VE-LA-DOS, até a parada TO-TAL da aeronave". As pessoas riram, algumas retornaram aos assentos, outras despistaram, mas a maioria achou graça e agiu como se fosse apenas piada.

De outra vez, o comissário pegou o microfone e disse, para toda a turma que estava ali: "Peço aos senhores, por gentileza, que mantenham-se sentados, com os cintos, até que o avião pare de se mover, conforme JÁ DISSEMOS". Aí eu me solidarizo bastante com esse moço, que me lembra, em muito, minha atuação nas salas de aula. E mesmo na sala da minha casa, onde um guri de 9 anos tenta aprender a se conter quando é devido.

O outro recado que me impressiona é aquele sobre fumar nos banheiros. Mas será o Benedito? Alguém fuma escondido, em avião, ainda? Não subestimo nunca a estupidez alheia. Conhecimento empírico também. Bem, se é preciso dar o recado, é porque ainda não chegamos a outra situação. Vai ver.

E tem mais um: aquele recado sobre desligar os aparelhos eletrônicos, inclusive os que têm "modo avião". Vamos lá, pessoal, vamos desligar o telefone. Durante o voo ele não "pega". Será que não se pode mais ficar sem isso por uma hora, duas, três, seis? OK. Se algo acontecer lá embaixo, você vai pedir pra descer, caso seja avisado pelo celular? Bem, mas existem aqueles voos com internet e telefonia móvel. São pra quem pode, né? Já viu quanto fica uma chamadinha atendida pelos ares?

Mas, desta última vez em que viajei, foi muito mais comovente. A comissária de bordo, uma senhora mais velha, com cabelos amarelo-gema e uma voz insuportavelmente infantil, implorou, isto mesmo, implorou aos passageiros – a maioria cansada de voar de avião – que todos desligassem os aparelhos eletrônicos, inclusive os celulares. E não adiantou.

Foi constrangedor. Depois de pedir o desligamento dos equipamentos uma vez, ela percorreu o avião para verificar encostos de assentos, cintos etc. Mas viu que muita gente continuava falando ao celular, jogando, mexendo aqui e ali, mandando SMS, etc. Ela falou com um, falou com outro, e as pessoas faziam muxoxo. Até que ela desistiu, correu lá adiante, pegou o microfone e implorou que as pessoas desligassem os celulares: "Senhoras e senhores, conforme já pedi, por favor, mas por favor mesmo, eu ficaria realmente muito agradecida, se vocês desligassem seus aparelhos. Nós pedimos tanto, nós falamos sobre isso porque precisamos cumprir as normas da Anac. Isto é SEGURANÇA, meus senhores. Mas são tantas pessoas com aparelhos ligados que nem parece que eu já pedi! Por favor, eu ficaria mesmo MUITO GRATA se vocês desligassem esses aparelhos para termos um voo seguro e tranquilo". Pensei: nossa, agora esse povo desliga. Que horror. Mas não.

O que rolou foi muxoxo de todo lado, um ou outro desligando o equipamento e gente fina, finíssima, tecendo comentários assim: "ai, ai, ela pensa que manda na gente". Eu, agora, não me contive. Era uma situação em que ninguém falava diretamente para ninguém, mas todo mundo fazia um comentário alto, para alguém ouvir. Teci o meu: "Uma pena que ela precise falar isto".

Essas são as pessoas finas e educadas que viajam de avião e que vão pedir coisas por aí. São as pessoas que não conseguem cumprir um protocolo mínimo de recomendações dentro do avião, enquanto vão passear ou trabalhar. São esses meninos e meninas que olhavam dentro dos olhos dos pais e os desacatavam em casa; e desacatavam o professor na sala; e não têm noção de bem comum ou de civilidade mesmo. Talvez. Se estamos todos dentro do avião, agir corretamente não é pensar no bem comum? Acho que exagerei, né? Não devia. É que fiquei comovida com a comissária de bordo de cabelos pintados. O trabalho dela é muito chato, muito mesmo. Lidar com gente mal educada todos os dias e ainda ouvir ironia não é pra qualquer um.

E SE AMÉLIA FOSSE FEMINISTA?

A Amélia, bróder, essa é que levou um ferro danado. Quem é que tem coragem de nomear uma filha assim, nos dias de hoje? Mas aí é que está. De onde foi que tiraram que Amélia é tudo o que achamos que ela é? É aquela história: ouvi o galo cantar, mas não sei onde. Acho que quase todo mundo padece desse mal do galo cantor. Mas fica a dica, então, de rever a letra. O Google pode ajudar, mas eu dou uma forcinha, pra não haver perda de tempo.

Pra começar, a música, da autoria do falecido Mário Lago, chama-se "Ai, que saudades da Amélia", coisa que muita gente não sabe. Curtinha, sem muita explicação, lá vai o eu lírico (vamos chamar assim, pra ficar nas aulas de literatura) comparar duas mulheres: a atual e a ex. Pronto, está estabelecido o conflito. Quem nunca? Rezam a etiqueta e o bom senso que isso não se faz, mas ó. Todo mundo, um dia, cai na besteira de comparar. Pois bem, firmado isso, agora é hora de notar em que as duas moças são tão discrepantes. Parece que a consumista e fútil Atual não tem lá a mesma paciência que a Ex, tão resignada e positiva. Mas vamos à ilustração: "Nunca vi fazer tanta exigência/Nem fazer o que você me faz/Você não sabe o que é consciência/Nem vê que eu sou um pobre rapaz/Você só pensa em luxo e riqueza/Tudo o que você vê, você quer/Ai, meu Deus, que saudade da Amélia/Aquilo sim é que era mulher". É, perdeu, playboy. Mas cá está o estereótipo da mulher que, no próximo passo, vai exigir o cartão de crédito. E a Amélia é que levou a pior, minha gente. Ficou com a fama. Quem mandou não nomear a Atual?

Mais embaixo, o restante da letra dá conta da Amélia de novo: "Às vezes passava fome ao meu lado/E achava bonito não ter o que comer/Quando me via contrariado/Dizia: 'Meu filho, o que se há de fazer!'/Amélia não tinha a menor vaidade/ Amélia é que era mulher de verdade". E qual é a implicância? É com a falta de vaidade da Amélia? O cara já disse que é pobre. E parece que não é no sentido figurado, minha gente. É pobre mesmo, pois reclama do consumismo da Atual, que nem sequer mereceu ter nome. Já a ex, ah, essa ficou bem na fita. Pois quem nunca, de novo? Vez em quando, um ex é alçado a santo ou a bom partido depois que a gente passa por coisa muito pior do que ele (se aplica a mulheres). Tem sempre jeito de piorar, né não?

Bom, mas por que eu trouxe a Amélia aqui hoje? Porque acho que ela é uma injustiçada. Amélia não obedecia cegamente ao seu homem, nem era necessariamente submissa a ele, nem mesmo se sabe se trabalhava fora ou não. Aliás, não se sabe nada sobre a Amélia. O que se sabe é que ela era bem mais legal do que a Atual do moço aí da letra, que levou foi um ferro danado quando trocou uma pela outra (sabe-se lá se foi isso?).

E que outras razões me trazem aqui para defender a Amélia? E esse cara da letra, leitor? É o cara? Bom, talvez tenha atinado para a coisa e voltado para a Amélia, que poderia nem estar mais disponível, né? Torço para que não. Mas ó: é que tenho ouvido tanto falar em uma tal "nova mulher", em contraponto a uma outra, mais "tradicional", metonimicamente chamada de Amélia, que resolvi desconfiar. De vez em quando, é bom.

"Nova mulher?" O que ela é? Parece que bem-sucedida, independente, autônoma, cheia de planos e de preocupações que antes só um homem poderia ter. A "Amélia" do senso comum (que não leu direito a letra da canção) é submissa, dependente, limitada. Pra fazer par (ou não) com essa "nova" e essa "velha" mulheres, haveria de existir um "novo homem", isto é, um cara capaz de conviver – e bem – com uma moça dinâmica, sabida, inteligente, interessante, autônoma, etc. etc. etc. Só que dado que o número desses moços ainda não é expressivo, já que eles não têm com quem aprender (nem mesmo com as próprias mães) e que não existem workshops intensivões no mercado, fica aí uma turma de "nova mulher" solteira, alegando que os homens ainda querem "Amélias"; e, em tese, uma turma de mulheres ainda querendo ser velhas e fazer parzinho com homens tipo "século passado".

O que há de relevante a dizer, talvez, é que essas questões não são lineares e cronológicas. Se eu fosse contar os casos da minha avó que trabalhava fora (e foi casada com um cara massa por 64 anos, até ele morrer) ou fosse lembrar alguns outros casos, teríamos aí uma série de eventos deslocados no tempo, inclusive contemporâneos da Amélia da letra. O lance é que existem "novos" e "velhos" em todas as épocas, e os casos (por vezes, "causos") das pessoas são conversa de boteco, e não sociologia.

Ai, ai... Amélia levou a fama e seu Ibope até baixou nos cartórios de registro civil. Que coisa. Outro dia, li um artigo de alguém, na web, dizendo que os homens mudaram e são capazes de conviver com a tal da "nova mulher", antítese da Amélia. A autora (lógico) do texto dava sua própria vida como exemplo, coisa que nós, cronistas, fazemos, às vezes, pra dar um toque de pirlimpimpim ao material. O que tem isso de mau? Nada. Não fosse a autora dar uma zoada básica nas pessoas que não vivem como ela. É causo; não é sociologia.

Tem homem que curte a ex e tem quem curta a Atual. Hoje em dia, casamento que dura uma década já devia ganhar o certificado das bodas de ouro, pra adiantar o lance. Pô, é claro que tem dificuldade de parte a parte. A mulher querendo ser independente, mas vendendo tudo, ainda, em troca de um chamego barato; o cara querendo bancar o alfa-provedor, sem saber que ter uma sócia é muito mais interessante. O que estraga tudo é o quê? O amor? Bestagem? Só sei que a gente adora uma categoria onde encaixar todo mundo, de modo que nem a gente sobre. Não vou defender que a Amélia fosse feminista, mas vai que fosse pró, moça esforçada e, ainda por cima, rebocasse o pobre moço pra ver se ele se aprumava? Ah, disso eu entendo bem. Muita mulher-locomotiva por aí, querendo ver a coisa funcionar, nem que seja na base do empurrãozinho. Mulher tem um coração tão bonito, em geral, que não se importa nem um pouco de ver o amoreco ir bem no trabalho, na vida, nas empreitadas. Pena é quando ele, sem o menor reconhecimento da parceria, a troca pela secretária. Fazer o quê? Já os moços precisam aprender a curtir, de verdade, quando a coisa vai bem pra Amélia, né não? Invejinha tem cheiro forte. Não é só dar aqueles "parabéns" amarelos. É aparentar firmeza, aquela do amor de verdade, do orgulho, do respeito e da admiração. Não tá fácil pra ninguém. Difícil é dar certo com quem voa longe. De repente, Amélia voou, foi trocada pela consumista vaidosa e baubau. Mas é que há tanta gente no mundo. Muito mais tipos do que esses dois aí. O eu lírico da canção é que precisava rodar mais. Amélia, na balada, ia fazer o maior sucesso. Eu queria uma amiga como ela.

QUANDO (NÃO) LI ANA CRISTINA CÉSAR

Agora que a Flip (Festa Literária Internacional de Paraty) terminou, já posso ficar mais à vontade? Tomara. É que eu queria contar da minha relação – quase nenhuma – com a poesia de Ana Cristina César, reeditada pela Companhia das Letras recentemente. Isso sem ofender ninguém, é claro.

Do acesso negado

Eu não tinha noção, mas não havia muito acesso à obra de Ana C., como carinhosamente a chamam. Não tenho, até hoje, qualquer intimidade com ela. E tinha menos ainda, naquela época.

Eram os anos 1980-90, eu vivia minha adolescência e adorava ler. Construía, não sem dificuldades, meu elenco de obras, de autores e mesmo meu cânone. Tentava descobrir uma literatura mais recente, apesar das omissões do currículo escolar. Fazia esforço também para descobrir que autores vivos publicavam e que livros novos circulavam, especialmente na poesia, que era meu maior encantamento na leitura.

Entre bibliotecas privadas, escolares e públicas, eu construía uma trilha de leitura, com mediação quase zero, mas muita vontade de encontrar interlocutores. Quando um livro me caía nas mãos, eu logo corria para achar um outro que a este estivesse ligado, de algum modo. Meu critério maior ainda era o próprio autor, que poderia me levar a outros livros dele mesmo, ou aos alheios, por acaso ali citados, mencionados, assinados nos prefácios e nas orelhas das obras (ah, como o paratexto é precioso).

Numa dessas, percorrendo os caminhos tortuosos fora do currículo e longe da sala de aula, topei com uma carreira de livros mais novos na biblioteca da escola. Eram os livros das listas de vestibular. Isso nem existe mais. Converteu-se em um silêncio a mais na construção das impossibilidades. Nem isso precisamos mais ler ou dar a ler. Bem, polêmicas à parte, descobri algo novo. Autores, obras com títulos interessantes, rostos em fotos recentes, editoras existentes, uma linguagem muito próxima. Nessa prateleira específica, conheci Rubem Fonseca e João Ubaldo Ribeiro, descobri Ricardo Aleixo (vivo e conterrâneo), Carlos Herculano Lopes (idem) e Ana Cristina. Um espanto!

O espanto da mulher escritora

Sim, foi um espanto. Eu me lembro da sensação estranha de tomar entre os dedos um livro vermelho, meio fino, chamado *A teus pés*. Virei, revirei, é isto mesmo: é uma moça que escreve estes versos. Versos! Até ali, sequer Cecília Meireles me parecia uma mulher. É que Cecília me chegara pela via da literatura infantil, o que não me deixava a mesma impressão que Ana C. deixaria. Eram e são lugares diferentes onde pousar nossas impressões. O jeito era outro, a imagem da escritora diferia muito. A aura, talvez. Ana C. era a primeiríssima mulher escritora que me parecia do mundo da literatura "adulta".

Que espanto! Que livro é este? Que título é este? Confesso ter estranhado, mas também ter desgostado um pouco. Passou pela minha cabeça algo de piegas, talvez. Mas vou levar, pensei. Peguei emprestado, levei para casa e me estranhei com aquele livro mil vezes, até devolvê-lo à biblioteca. Lido, completamente lido e relido, sem muitas anotações. Lembro de achar as frases soltas, uma névoa qualquer, uma frouxidão nos versos, como se o poema permanecesse inacabado. Não era minha preferida. Mas só era ela entre os nomes do meu elenco até ali. Devolvi, nunca mais peguei.

Anos depois

Ana C. nunca mais esteve na moda. Descobri, nem sei como, mais uns autores, mais uns livros, consegui comprar outros. O livro vermelho dela vivia em falta, mas ao menos existia em alguns lugares por causa de um vestibular. É claro. Hoje esse mecanismo me parece muito mais óbvio e infinitamente mais cínico também. Ana C. era apenas um livro difícil. Hoje é um livro de vitrine.

Custei muito a encontrar outras autoras. Lembro de achar Cláudia Roquette Pinto (e comprei o livro); lembro de ganhar um volume de Thais Guimarães (hoje uma amiga); lembro de contatar Leila Míccolis; lembro de ganhar *Bagagem*, de Adélia Prado, quando ela ainda não era uma escritora tão popular. Era uma mineira do interior, também listada nos vestibulares.

No romance, lembro de ler Rachel de Queiroz quase toda e de me espantar, de novo, com a existência de uma autora entre tantas possibilidades masculinas. E Clarice, em alguma aula de cursinho, de novo... o vestibular.

Afinal, o vestibular e sua lista de livros me salvou da omissão total, especialmente em termos de escritoras. E agora? Hoje eu morreria à míngua da literatura esgarçada que dão nas escolas.

Formando escritoras

Em que Ana C. me corrigiu a rota? Talvez ela tenha me empoderado um pouco. Eu pude concluir, não sem ousadia: sim, posso também. Principalmente porque não a guardei como minha preferida ou como uma autora de extrema qualidade. Isso nas impressões – deem licença – de uma adolescente ou quase adulta que lia muito. Achei que também poderia fazer meus versos e já os fazia. Mas achei que poderia mostrá-los, publicá-los em algum lugar. Um zine, um jornal, tudo impresso, àquela época. E foi o que tratei de conseguir.

Mas não apenas por ter lido Ana Cristina. Por ter lido muito, e muitos outros, e por ter descoberto que se poderia falhar ao escrever e ser gostado e odiado. E que se poderia ser menina no meio de tanto menino. E que eu poderia estar viva, isto é, para ser autora não é necessário morrer, embora Ana C. tivesse uma biografia complicada, nesse sentido.

Escrevi, publiquei. Lancei-me à roda da literatura feita por gente viva, em português. Quem lerá isto? Deve ser a pergunta fatal para qualquer autor. Ou talvez não, para os que não ligam a mínima. Há os que dão sorte; há os que não. E meti-me nisto.

Nunca mais pensei em Ana C. Não a colecionei, nem por respeito ao gênero. Não pensei mais em nada disso e nem achei que algo me impediria de ser uma delas. Ou um deles. Nunca mais topei com *A teus pés*, nunca mais o li. Só lembrava das impressões meio frias que havia me deixado. E até lastimava.

Até que comecei a ouvir dizer. Fui tomando uma consciência das dificuldades que eu jamais tivera antes. E acho que não tê-las me ajudou, de certa forma. Talvez eu tivesse desistido. Comecei a atribuir a certas perversidades o fato de me negarem a fala, a letra, a circulação. Como terá sido com elas?

Ana C. nunca esteve no meu cânone. E não estará só porque foi reeditada por grande editora ou porque, de repente, tratou-se de reacendê-la ou porque uma biografia surge ou porque, por mecanismos X e Y, é a homenageada do evento mais badalado das letras nacionais. Não mudarei de impressão por isso, mas é claro que tenho muito a pensar sobre tudo e sobre Ana C. e sobre a omissão do nome dela, dos livros, sobre as críticas e sobre o incômodo com sua obra.

Comprei Ana C. reeditada, faz tempo. Não porque a preferisse entre outras e outros, mas em respeito à leitura que fiz de sua obra décadas atrás. Mas comprei faz tempo. Assim como comprei Cacaso belamente reeditado. E também Chacal. Eu recolecionei minhas leituras. E a única impressão que continuo tendo é a de que Ana C. pode ter me empoderado, mesmo que seus versos não me tenham conquistado.

Das comparações

Mas nunca consegui me desvencilhar de Ana C. Sabem por quê? Porque mesmo a tendo lido quase nada e mesmo nunca a tendo relido e nem sequer me sentindo próxima dela, era com ela que comparavam o que eu escrevia. E isso me incomodava. Não me enraivecia. Não era para tanto. Mas era injusto, era fácil; era óbvio, mas era inverdadeiro. Era algo assim: quando um leitor (geralmente homem) queria ler meus textos e resenhar, de certa forma, minha poesia, ele logo vinha com algum chamado ancestral. E como encontrava muita dificuldade em enunciar qualquer coisa sobre aquela minha voz poética (que certamente não se parecia com outras), quase nada encontrava no horizonte das escritoras. E no da poesia "para adultos". E daí logo sacava Ana Cristina César, mesmo que em nada meus versos se parecessem com os dela. Era ela a única possibilidade, ou das poucas. E eu pensava: mas que falta do que dizer, meu Deus!

Nunca me identifiquei com ela. Nunca me senti leitora e mimetizadora dela. Mal lembrava de seus textos. No entanto, era considerada uma espécie de sua herdeira. Sim, certamente, por sermos mulheres nesta seara. Ou neste Saara.

Na falta de referências, "vai tu mermo", não é isso? Quem mais? Quantas mais? Mesmo tão deslidas as outras, com quem eu poderia me parecer? E havia outros episódios análogos:

quando fui vocalista de banda de rock – e cantava grave como um rapaz –, só conseguiam me perguntar se minha influência era a Janis Joplin. Na falta de outra... Aquilo só me trazia mais espanto – um espanto ingênuo – sobre a escassez das mulheres nesses campos. Espanto! Se eu não ouvia Janis, não curtia Janis, não sabia quase nada dela e achava aquela voz chata!

Foi longo e tortuoso o caminho para descobrir Nina Simone, para achar Billie, para comprar uns discos da Ella. Muito custo para tudo. E para desvendar a vida difícil que essas moças costumam ter. Muito diferentes da minha, mas tão herdeiras, ainda, afinal.

Não é para ofender, não é para desmerecer ninguém que eu digo que não me sinto parte de uma dinastia parca e meio efêmera de moças poetas. Não é. Ana C. me empoderou, talvez. Não foi sem espanto que tive contato com a obra dela. Mas não foi amor, não foi vontade de escrever daquele jeito meio vago, meio inacabado. Eu queria aprender um outro jeito, sabendo que poderia. E posso.

Da próxima vez, tomara que encontrem comparação mais fácil, sem forçar tanto a barra no enquadramento das "poetisas". Em vinte anos, acho que a missão dos resenhistas será bem mais fácil e bem menos imprecisa, com muito mais mulheres para citar, muito mais escritoras em listas bacanas, livros para ler e genealogias para fazer. Só falta nos lermos mais, digo, de verdade.

REUNIÃO DE PAIS, OPS, DE MÃES

Um dia, você resolve ter um intercurso sexual que, querendo ou sem querer, gera um embriãozinho, que vira zigotinho e se desenvolve, vira um feto, vira um bebê e nasce. Mas isso não é assim tão fácil quanto o texto faz parecer. Principalmente para a mãe, dá um trabalho razoável. Pois bem. Você tem o maior trabalhão pra parir o guri. Muitas vezes, ao lado de uma figura que não tá nem assim tão envolvido. Mas, como dizia um otimista amigo meu, há muitos anos, referindo-se às crianças: "esse bicho tende a dar certo sozinho". Tudo bem. Aí o bebê precisa ser amamentado, não entende nada do mundo, precisa se adaptar aos horários, ao dia, à noite, à vida, aos sólidos, aos pais, etc. E isso nem é assim tão fácil. E a mãe, geralmente, fica lá, abduzida. Muitas vezes – reparem que não generalizei totalmente –, sem uma boa e dedicada companhia pra cumprir a empreitada juntos. OK. Isso é assim desde que o mundo é mundo.

Daí, um dia, você precisa por o piá em uma escola. Pensa, escolhe, vê uma série de quesitos – proximidade de casa ou do trabalho, preço, projeto pedagógico (que você finge que entende e finge que sabe que repercussão terá na vida do seu rebento), nível de caretice, etc. Lá vai. Aquele primeiro dia de aula clássico. Blablá. E aí você entra numa comunidade que faz um negócio chamado "reunião de pais".

Eu, cá do meu jeito, acho esse evento uma das coisas mais chatas do mundo. Como professora, sempre achei; como mãe continuei achando. Entendo perfeitamente que a escola precise dar satisfação sobre o que fará ao longo do ano, sobre regras, horários, sugestões, projetos, etc. Reiterar o que diz todo ano: não pode chegar atrasado, tem de usar uniforme completo, o banho de sol dura 15 minutos, lanche saudável e as demais orientações do regime semiaberto. Entendo demais. E ponto. Mas tem uma coisa que eu lastimo e uma que eu não entendo:

Eu lastimo que 98% dos presentes ali sejam mães. (Que também trabalham, inclusive.) São elas que vão à reunião saber sobre a escola, conhecer a professora e questionar a escola, se é que fazem isso de forma interessante. Dois ou três pais aparecem para fazer o mesmo. É como se reunião de escola fosse atividade de segunda. Como se as coisinhas chatinhas fossem para a mulher cumprir. Ou como se a vida escolar dos filhos, em sua face qualitativa, fosse atribuição só da mãe. O pai serve pra pagar o boleto (quando é o caso. Muitas vezes, nem isso).

A outra coisa, a que eu não entendo, é por que grande parte das pessoas que comparece à tal reunião força a situação de falar dos próprios filhos o tempo quase todo, roubando o tempo de informação da comunidade. É um pessoal que obriga todos a focalizarem situações e questões particulares, em um encontro coletivo; e pior: às vezes, esforça-se para demonstrar uma caretice absolutamente anacrônica.

Entro muda e saio calada. Anoto o que preciso anotar com algumas intenções: questionar meu filho quando ele chegar em casa; ver se ele está ciente das regras; ver se preciso combinar algo com ele, inclusive para driblar a escola, quando sentirmos que é mais inteligente; e repassar informações ao pai dele...

Minha amiga Lavínia, excelente professora de Português, depois de participar de uma palestra sobre "a escola do futuro" (sim, porque a escola está sempre prometida...), externava, no Facebook, sua dupla sensação: uma de alegria porque o palestrante bambambam dizia coisas que ela já pensava; outra, contraditória, porque ela tinha a impressão de que todos querem mudanças, revoluções, transformações, mas a escola continua a mesma.

Fiquei cá pensando com meus botões e sei lá, entende? Não sei se as pessoas querem tanta transformação assim. Sinto, ali nas conversas de reunião, que muitos pais querem mesmo é os filhos em regime semiaberto (quando não fechado), pra ficarem livres da moçada enquanto eles trabalham (o que é digno e necessário), mas também vão ao shopping, à aula de golf ou ao cabeleireiro. Aí depende, não é? Mas me parece, em grande medida, uma comunidade que vai ali forçada pra saber o que já sabe e exigir mais do mesmo.

Conheço professor que tenta inovar, professor que tenta um encontro interessante com tecnologias mais recentes, professor que prepara aulas sensacionais, professor que se dedica, professor com sangue nos olhos e paixão no coração. E esse cara todo, desse jeitinho, não consegue sair da média porque precisa atender os pais, a diretoria, o mercado e sabe lá mais o quê.

Há uns tempos, em um belo evento em Natal (RN), tive o prazer do contato com uma professora que desenvolve lá, com unhas e dentes, um projeto de sucesso em uma escola pública. Como é bem nisso que eu acredito, fiquei doida para saber das coisas. E um negócio sério ela me disse: "na nossa escola, os pais são envolvidos". Não acho que haja mudança possível sem a presença respeitosa e interessada dos pais.

Estou errada em ter preguiça das reuniões. Estou errada em entrar muda e sair calada. Estou errada em não ter uma postura mais participativa. Sim, estou errada. E todos estamos. Eu não devia querer saber só do meu filho genial. Eu deveria estar comprometida com um projeto mais integral. No entanto, com respeito. Ali trabalham profissionais. Não é lugar pra eu dar pitacos sem noção. Bom, como eu disse um dia: escola é escolarização; educação sou eu quem dou, em casa.

Na reunião mais recente, uma mãe interrompeu para dizer que proíbe a filhota, de 11 anos, de falar gírias em casa. Vou fazer o quê? E o que essa figura queria que a escola fizesse? A honorável senhoura afirmou, em tom de palestra, que a gíria é perigosa e que prejudica os textos da pessoa para o resto da vida; e sugeriu que a escola tomasse alguma providência sobre isso. Vamos banir a gíria. E solicitou da escola que tomasse posição e desse um reforço.

Eu não me aguentei. Contorci-me na cadeira. Fiz cara de nojo (que foi vista por uma ou duas pessoas). Eu estava bem no fundão, pra não ser notada mesmo, mas vi que a professora percebeu minha reação. E as representantes da escola foram delicadas, desconversaram, falaram sobre o inevitável e tal e coisa.

Véi! Eu pirei naquele papo. Eu pirei. E vazei, assim que pude. Saí achando que os pais (e mães) é que precisam de umas discussões mais interessantes sobre, por exemplo, linguagens. Ou sobre qualquer coisa. E pensei na Lavínia, com a escola do futuro. E me lembrei de quando eu adotava livros de boa literatura na escola e vinham os pais me proibir, alegando, por exemplo, que poesia é só quando as palavras são bonitas. Poeta não escreve palavrão nem gíria. E uma teoria sobre tudo que só faz o mundo se encaretar; e uma postura de gente que quer esconder o mundo dos filhos, como se esses meninos e meninas já não tivessem visto as coisas pelo YouTube; e uma eterna cobrança para que a escola seja moderna e dialogal, só que não. #sqn

ESCOLA, LITERATURA E SOCIEDADE: ESQUIZOFRENIA

"Mãe, me deu vontade de escrever palavrão na porta da geladeira. Pode?"
"Que palavrão?"
[Segue-se a lista de monossílabos amplamente conhecidos e alguns polissílabos da boca do povo.]
"Pode, mãe?"
"Olha, não haveria problema em você enfeitar a geladeira com essas palavras. Só que temos uma questão: algumas pessoas podem vir aqui visitar a nossa casa e entrar na nossa cozinha. Quando elas chegarem na frente da geladeira, pode ser que elas não entendam e se assustem. O que você acha?"
"É, mãe. Elas podem achar que é feio, né?"
"Pois é. Você sabe usar palavrões, eu também sei. Mas há pessoas que não sabem ou não gostam. Outras fingem que não sabem. Então vamos fazer outra coisa?"
"Vamos, mãe."
"Faz assim: pode usar a porta da geladeira inteirinha pra escrever. Mas, em vez de você escrever o palavrão mesmo, tipo X e Y, você escreve assim: PALAVRÃO."
"Ah, mãe, entendi. Não é o palavrão, a pessoa não vai se sentir ofendida, mas ao mesmo tempo é um palavrão. Né? Tipo assim: a palavra dá nome à outra, sem ser o palavrão."
"Isso mesmo. Resolve nosso problema, né?"
Pronto. E assim foi. Fiquei semanas com uma geladeira toda ornamentada com a palavra "palavrão". Pessoas chegaram, ficaram e se foram, sem susto. Algumas acharam graça. Elogiaram

o meninote: "que gracinha". E eu disse, baixinho, a ele: "isso aí se chama hipocrisia. Não entre nessa, se puder".

Fizeram isso com meu poema, uns meses atrás. E não foi só gente ignorante que me atacou. Foi também, e principalmente, gente supostamente esclarecida. Gente que fala na TV e gente que se esforça pra dizer sobre as coisas importantes.

Escrevi um poema em 2007, publiquei em 2008. Queria contar uma história de ciúme, pra isso gastei umas palavras do meu arsenal. Tenho uma caixa de ferramentas imensa, mas enorme mesmo, cheia de palavras. Tem de tudo ali. Bonitas, feias, grandes, pequenas, raras, comuns, calminhas, eriçadas, fluidas, travadas. Uso mesmo. É que esse é meu modo de vida. É também minha profissão. Imagina se eu não fosse capaz de lidar com palavras na minha vida profissional? Seria uma catástrofe. E a gente precisa conhecer tudo. Daí eu usei tudo para compor o meu poema. E eu não faço isso há pouco tempo. Há uns anos que venho levando a sério.

Só que o poema voou. Desde que foi publicado, ele passou a ser lido sem o meu controle, passou a ser dito, mostrado, emprestado, visitado, amado e detestado. Ele foi falado em público, muitas vezes por mim, outras vezes por várias pessoas. Ele foi aplaudido e ele foi reprovado, silenciosamente. Desta vez, o problema foi quando ele foi livremente lido. Umas pessoas mostraram esse poema a outras, em decorrência de uma série de outros acontecimentos, mas não funcionou. Houve um curto-circuito. Presumo que por quê:

1. o poema estava solto pelo mundo, como muitos estão.

2. foi capturado por pessoas que não avaliaram bem o que o poema dizia, fazia e como ele poderia impactar algumas outras pessoas.

3. o poema foi maltratado, mal lido, mal conhecido. Recaiu sobre ele a indisposição, além do preconceito, da ignorância e do despreparo. Pode ter recaído também o simples desagrado. Qualquer poema pode ser lido e deslido, nunca mais repetido. Pode-se dizer de qualquer deles que seja feio, inoportuno ou desgostoso, simplesmente. Mas não era isso. Era maldade.

4. o poema foi entregue a crianças.

Daí novas relações contribuíram para o curto-circuito:

5. as crianças são seres inocentes, sagrados, frágeis e incapazes de alguma discussão. Principalmente, não conhecem, aos 11 anos, palavrões.
6. a escola é lugar do sagrado, do clássico, do melhor, da nata, do legitimado, do inalcançável. Ao mesmo tempo, ela precisa estar na vanguarda, aderindo às modas, aceitando o mundo e o futuro. Precisa se aproximar do que acontece do lado de fora e precisa agradar muito as gerações inteligentes, espertas e digitais que chegam até ela, por obrigação.
7. os professores, a priori despreparados e sem prestígio, são culpados por todos os males do mundo. Não deveriam convocar o mundo, os temas, o presente, o contemporâneo para nada, e muito menos as palavras circulantes.
8. certa imprensa põe fogo na fogueira. Não informa, ela julga. Não apura, ela inventa. Não respeita nada. Ajuda a fomentar o desrespeito ao professor, à escola e à leitura como uma atitude livre, aberta, ampla.
9. muitas pessoas não conseguem fazer conexões fáceis entre tudo isso. E não conseguem se fazer perguntas razoáveis. Elas reagem medularmente.

Então vamos. O meu poema apanhou muito. E eu também. E as alegações juntas compõem um quadro fascinante: porque é um poema contemporâneo (e tudo aqui é lixo); porque é um poema que usa palavras comuns – e poesia boa só é feita de palavras bonitas e limpinhas; porque a autora está viva, portanto não é um clássico, não foi legitimada nem elevada ao cânone. E o que não está no cânone não deve chegar à escola. E o que fazia esse poema sórdido, dessa autora qualquer, nessa escola? De onde essas professoras tiraram isso, meu Deus!

É que a esquizofrenia continua. A autora havia sido convidada para um festival literário lindo, uma das poucas ofertas culturais da cidade. E ela é uma autora de muitos livros, inclusive para crianças, como fazem e fizeram muitos autores, aliás. Muitos, que escreveram para jovens e para adultos. E hoje estão em todos os cânones. E podem chegar às sagradas salas de aula. E como a autora estaria presente, a escola quis preparar as crianças para o encontro. Esquizofrenia porque a escola é pressionada a apresentar apenas o legítimo e, também, a ter os pés fincados no presente, para atender a fome de atualização dos jovens.

Quantas vezes já escutei: "pô, a escola dá Machado de Assis a meninos de 11 anos. Eles nunca mais gostarão de ler". OK, vamos lá. Então o que acontece se oferecer um autor vivo? Fogueira. A não ser que limpem dali os grandes temas atuais, os palavrões e qualquer laivo do que possa ser chamado de preconceito.

E lá vem a sábia mãe. Uma escola chique e privada tentou agradar, inovar, que é o que pedem por aí, exigem, apreciam. Indicou alta literatura, Jonathan Swift, só que em quadrinhos, palatavelzinho, bem adaptado, bem atualizado, para ver se pegava no laço a garotada conectada. Xeque-mate, diziam todos. Desta vez, eles serão seduzidos. E as editoras loucas, fazendo quadrinhos de tudo, conforme os mais bem-intencionados editais de compras de livros de todas as esferas de governo.

Adaptações, muitas, para ver se assim a meninada – e seus pais – consegue se aproximar, entender, soletrar. Mas não. Porque para adaptar Swift, o tradutor e o editor e todo mundo achou por bem meter um palavrão. E isso não pode. Não pode, minha gente. Porque faz um mal danado. E então, por favor, voltem a escola para o seu devido lugar. Indiquem aí o Swift original e mandem os pais para aquele lugar inominável quando vierem dizer que, na escola, é tudo tão desinteressante e ultrapassado.

AMOR &
OUTROS QUIPROCÓS

BEIJO SURDO

O que é que a gente procura? E se não está procurando, como é que se dá conta de que encontrou? Arrisco-me se disser: procurava um beijo surdo. Demorei a me arranjar com esta expressão e não sei se as explicações que dei a ela foram satisfatórias. Talvez seja uma experiência muito pessoal para ser traduzida ou narrada a alguém, mas eu tentei. Um beijo surdo.

Ali pelos meus 19 ou 20 anos, eu encontrei uma pessoa – de quem nunca fui, oficialmente, nada – que me arrancou um beijo, no meio da rua, encostada num carro cinza, sob uma ventania que eu acho que chegou só porque estávamos ali. Ele veio falar comigo sobre qualquer coisa, saíamos de uma festa, talvez, na região centro-sul da capital, e ele achou que devia me beijar na boca, bem no meio da rua vazia, num junho ou julho de fim de século. O desabitado do lugar, as folhas no chão, o frio da estação, o barulho do vento e a escuridão da noite foram temperados por um beijo surdo.

Não era um beijo comum. Desses eu já conhecia há tempos, desde alguns anos, sem importância, eu diria. O beijo surdo aconteceu porque todos os sons do mundo, assim como todas as percepções que eu podia ter, sumiram. Pelo tempo de duração do beijo, que, por sinal, é impossível de mensurar, nada mais aconteceu na vida. Não senti os pés, nem os ruídos, nem medo, nem insegurança, nem o alarido de qualquer trânsito urbano, nem pessoas indo ou vindo na esquina adiante, nem algum ônibus, nem música vinda da festa, nem o toque das presilhas da calça na lataria do carro. Nem o salto do sapato. Nada. O beijo me ensurdeceu. O beijo trancou todos os meus sentidos e levou toda a minha vida para um encontro de lábios. E não foi objetivo ou intencional. Era um Encontro. Os meus cabelos ficaram brancos naquele dia. E brandos. Eles voavam nos nossos rostos. Mas não incomodavam. Talvez alguém narre isso como os sinos, a flauta, a harpa, o piano, as trombetas de algum lugar mágico, mas eu fiquei, por algum tempo, no beijo surdo.

Esse beijo aconteceu mais algumas vezes, com a mesma pessoa. Ele se transformou em muitas coisas, mas ele nunca permitiu que aquela interação fosse real. Nunca fomos namorados ou jamais assumimos qualquer relação socialmente. Uma lástima. Mas os beijos eram surdos. Mesmo muitos anos depois, eles eram surdos, mesmo toda vez que nos encontrávamos, ao longo de uma vida fragmentada e cheia de tropeços.

Mas acho que passei a vida procurando outro beijo surdo, de alguém mais palpável. A curiosidade de saber se somos capazes de outras interações com beijos surdos me deixava esperançosa. Será possível? Como será? Uma sorte? Um acaso? Quando é que acontecem os beijos surdos?

Décadas depois, mesmo sem qualquer prenúncio de algo tão cintilante, mesmo sob as nuvens de uma vida de desvios e escorregões, ocorre que descubro ser possível viver um outro beijo surdo. Não do mesmo modo, mas também sem firmeza ou continuidade. Tarde da noite, perto dos carros, numa avenida movimentada, sob vento e ponteiros de relógio, um beijo me ensurdece completamente, ao ponto de os ônibus vermelhos passarem sem dar um pio, como se fossem trens-bala moderníssimos, de primeiro mundo. Embora minhas mãos tocassem o cabelo meio grande dele ou alguma parte do seu peito, eu não sentia outras conexões com o mundo ou a avenida. O segurança na guarita parecia não existir, enquanto nossas bocas procuravam uma sintonia meio ancestral. Não era lânguido nem voraz, era surdo. Era uma espécie de ensaio do nada, concentrando nossas batidas cardíacas em algum lugar dos nossos rostos, de olhos cerrados. É importante frisar o quanto os olhos fechados são importantes para o ensurdecer.

Era mentira. Era tudo mentira. Não duraria nem mais cinco desses beijos. Mas era, de novo, um beijo surdo. As pessoas precisam estar ali, para não estarem. Os ouvidos se tampam. Algo que talvez se pareça com o mergulho, só que sem falta de ar. Ao contrário, respirando o ar do outro, sorvendo os pulmões do outro. E doando nosso ar. É como ouvir apenas os sons do corpo por dentro.

De novo? Como era possível? Por quê? Novamente, não vai funcionar. A gente ser quem é, com o tempo, vai se tornando um grave defeito. As pessoas não sabem o que procuram. Ou não sabem o que querem, talvez. Ou talvez percebam que querem apenas o que podem pegar, que é pouco. O que escapa fica para os delírios da adolescência. O que é um beijo surdo diante de tanta dificuldade?

O cheiro dele me entrava pelas narinas. Não é fácil de acontecer. E não era perfume. Era o cheiro dele. Uma espécie de fragrância da existência daquela pessoa e só muita proximidade física pode dar a perceber. No beijo surdo, talvez os cheiros se exaltem.

Um beijo surdo é um fenômeno da natureza? Tem a frequência de um cometa? Como ele pode ser fisiologicamente explicado? Quantas vezes teremos beijos surdos e nos daremos conta deles? Mais década? Mais ano? Os beijos surdos são insustentáveis. Quem os pode cultivar, diante de tanto para se prestar atenção? É preciso desatenção para cair num beijo assim. Com quantos intervalos?

DOS SENTIDOS SECRETOS DE CADA COISA

Nunca mais uma fotografia será apenas uma fotografia. Papel, tinta, borda, textura. Uma fotografia será um universo inteiro. Fechado nele mesmo, enquanto formos nós. Aberto ao infinito, se for qualquer leitor. Nunca mais uma fotografia tirada de uma sacada de um prédio de apartamentos para alugar será só ela. Uma fotografia da vista acima das casas, dos edifícios, da torre da igreja. Rio ao fundo, o rio da Prata. Ou qualquer rio que fosse, estivéssemos nós prestes a nos despedirmos. No céu, na terra, no inferno. Uma fotografia para ser lida vida afora.

Nunca mais uma rua será uma rua e apenas. Será a rua por onde passamos para entrar em livrarias, em lojas de discos, onde procurei pelos CDs de jazz que não estavam mais disponíveis, enquanto o vendedor tentava se comunicar comigo e dizer que ali de tudo havia, do melhor do mundo. Mas não. Eu nem o ouvia direito enquanto mirava aquela capa de um saxofonista em francês. Ou sei lá. Uma rua estreita à qual eu não saberia mais voltar.

Nunca mais uma avenida será uma simples avenida. Assim como me lembro da sensação de atravessar a Corrientes no frio de agosto, também gravei na pele a sensação térmica da 18 de Julio à noite, com vento no rosto, casaco de capuz, suas mãos segurando firmemente as minhas, as pessoas escondidas dentro dos bares e a lanchonete de empanadas logo adiante. "Para, sente o momento, grava isto." Nunca mais a 18 de Julio será apenas uma avenida no mapa de uma cidade, no mapa da América do Sul, no mapa-múndi. A 18 de Julio terá a forma de um dia que nunca mais volta.

Nunca mais uma bebida será uma bebida. Não gravei os nomes daqueles vinhos. Nem a forma das garrafas. Gravei que bebíamos sempre menos do que o previsto. Era muito beijo para intercalar. Não era possível. Duas taças, as rolhas guardadas com data, as uvas de que não me recordo... tempranillo? Tannat? Um amargo de despedida sempre ameaçando vir. E fingíamos que tudo era para sempre. E não é? Para sempre é o tempo da memória.

Não haverá mais simplesmente a blusa de malha preta. Na vitrine, no seu corpo ou no meu, uma blusa de malha preta com gola em V nos transportará para aquela noite, naquele dia, naquele lugar, quando eu disse que me esqueci do pijama. Preferi que você levasse a malha. Eu, não. Eu quero os cheiros que não são guardáveis, as imagens que se apagam, as lembranças que esmaecem, o amor que esmorece com o tempo. Será? Prefiro ver toda malha preta de gola em V e me lembrar de você e de como seu número caía mal em mim.

Nunca um All Star será apenas um tênis. Chute o chão liso e ouvirá um assobio. É nossa cena juvenil. Como eles caem bem nos seus pés. E nos meus. E parecíamos dois adolescentes combinando as roupas. Notaram, lembra? Mas mal sabiam que era sem querer, era assim que éramos. Nunca mais um tênis será apenas um calçado. Era com este, desta cor, deste jeito, que estávamos quando você parou de ouvir a palestra e filmou apenas o movimento dos meus pés, minutos e minutos.

Não haverá mais a mesma igrejinha, nem o mesmo viaduto, nem aquele restaurante onde nenhum de nós havia ido antes, nem nunca mais estaremos lá. Não haverá mais como estar no mundo sem uma lembrança atiçada por um vinho, um nome, uma rua, um edifício, um rio, um tênis, uma estampa, um livro, um disco, um prato, um casaco, aquela rambla fria de até nos irritar.

Uma fotografia. Nela estaremos, para o resto da vida, sentados meio de lado, água atrás, os prédios em curva, sorrindo, com os cabelos esvoaçantes, entrelaçados, fio a fio, como queríamos ser, inteiros. Sorrisos na boca e nos olhos.

Não depende, no entanto, da fotografia. A memória dará nossos significados às coisas, aos objetos, ao corredor da casa, onde você se perdia; à poltrona de leitura, onde você esteve a ler qualquer coisa, sem atenção; à cama vazia. Não depende de mais nada. A memória fará de toda linha um vestígio. Que seja a unha cortada na pia. Que seja a toalha azul, que demorou semanas a ser retirada do lugar. Que seja a ideia de ir, de voltar, de viajar, de viver. Como uma ideia pode incendiar tanto?

Não haverá mais beijo qualquer. Haverá lembrança. Calaremos nossas perguntas: por quê? Por que não? E se? Silenciaremos tudo. Afinal, a vida estava lá, sendo passada, sem legendas, em que idioma? Não haverá mais cena a dois, cena de cinema, cena solar. Estaremos os dois perdidos na lembrança quase irrefletida. Sem trilha sonora, sem *The end*, sem créditos finais. Não haverá prova. E que bom que tínhamos, a cada *take*, alguma noção de que a vida era ali, naquele momento, numa coleção de cenas raras, irrepetíveis. O que será dos que vivem sem essa consciência a cada segundo?

Nenhuma palavra em espanhol será apenas vocábulo. Qualquer uma será a manta incompleta que nos cobria enquanto andávamos três ou quatro quadras, em busca de um café sem açúcar e *medias lunas* doces. As camas de solteiro altas, juntadas sem critério, onde duas pessoas não podiam dormir sem certa noção de abismo. *Buenas noches, amor*, e durma bem.

FAMÍLIAS TERRÍVEIS – UM TEXTO TALVEZ INDIGESTO

Conheço filhos que viajam com os pais por toda a vida. Filhos, netos, genros, noras, periquitos, cães de estimação, todos de mala e cuia, juntos na aventura, por céu ou por terra. Acho digno, como diz a turma hoje. Irmãs que combinam passeios; primos que marcam idas à praia ou ao resort; netos que vão ao cinema com os avós ou tios. Conheço alguns que se abraçam depois de adultos, até os que andam de mãos dadas. Dia desses vi pai e filho andando abraçados no shopping. Meus olhos chegaram a marejar. Em seguida, desejei sorte a eles. É ter cuidado com a homofobia, que grassa por todo lado, agora em sua versão autorizada. E sempre que vejo essas famílias por aí, dando o ar de sua graça, com leveza e um amor infinitamente tolerante, gosto de me lembrar que os tempos mudaram e que nem sempre foi assim.

Faz poucas décadas, pais e filhos mal podiam se falar. Longas narrativas e confissões... nem pensar. Liberdade era confundida com folga. Autoridade e respeito confundidos com medo e subordinação. Fácil, fácil. Pancada era coisa certa, por qualquer motivo que fosse. Minha memória guarda bem os episódios de ver entes queridos apanhando de cinto, sob ameaças que hoje mereceriam um telefonema para a polícia ou o conselho tutelar. Amor não era coisa que se expusesse. E eu só tenho pouco mais de 40 anos. Então as famílias podem ser terríveis, como também sabemos.

Uma experiência ruim na vida – desemprego, divórcio, uma frustração qualquer – e vem logo a vontade do colo materno. Por que não, do paterno também, a depender de quem seja o progenitor e da sorte de tê-lo realmente participativo. Mas enquanto uma parcela das pessoas pode dar um telefonema para a casa dos pais e pedir um socorro, nem que seja de um jeito meio tímido, uma outra parcela não pode fazer isso, não consegue, não vê disponibilidade alguma ou intercompreensão. Enquanto há pais que conseguem ouvir, por mais estapafúrdia que possa ser a narrativa, há outros que vetam qualquer tentativa de aproximação. Não. É não. Ou os filhos estão sempre errados, seja lá a idade que tenham.

Famílias podem ser terríveis. Dos drásticos exemplos de abuso sexual, que também grassam pelo país – e pelo mundo, à sutileza das sabotagens e dos impedimentos de todo tipo. Das mães que se projetam nas filhas às que têm inveja delas, de sua juventude ou de sua coragem, talvez. Do massacre produzido por pais competitivos à insanidade das mães que adoram comparar os filhos aos rebentos dos vizinhos, dos colegas de trabalho ou mesmo dos parentes mais exibicionistas. Pode ser tudo isso terrível para uma pessoa. Quanto estrago uma família pode fazer.

Há pessoas que, claramente, substituem suas famílias de sangue pelos amigos. Alguns, uns poucos, que pintam vida afora e que ficam, com quem se pode ter afinidade nascida no coração mesmo. É raro, mas pode acontecer. Conheço amigos que se parecem mais com irmãos do que os irmãos. E irmãos que se parecem com inimigos. E pais que também parecem jogar no time adversário. Um comentário e pronto: a devastação se faz. As famílias podem não ser, mas podem também ser terríveis. E quando dão de sê-lo, são um massacre, muitas vezes insolúvel. De quanta terapia cada um precisa? E quanto tem a família a ver com isso?

Mesmo que seja ruim, que seja devastador, que a convivência seja nefasta, perder familiares é tristíssimo. Sabem-no bem os que perderam os pais, seja em que circunstância for. Conheço gente que mal conviveu com o pai, por exemplo, que é mais comum, mas sofreu quando da morte dele. As pessoas sofrem com essas perdas próximas ou aparentemente conectadas. Conheço quem tenha perdido a mãe no parto, no parto do próprio nascimento, e que sinta isso como se fora carregar uma cruz, uma culpa. E conheço quem ame profundamente aqueles que nem são seus pais. Famílias podem ser terríveis, mas ainda bem que podem ser adotadas, em qualquer caso.

Se eu fizer algum esforço, e será pouco, poderei me lembrar de episódios devastadores de entre as muitas experiências que tenho com a família. Uma frase lancinante, uma desconfiança, uma afirmação injusta, uma fofoca inoportuna, uma demonstração de raiva, um xingamento doloroso, e isso nem é tanto. Há pessoas que podem lembrar, com profunda dor, episódios de violência muito piores, muito mais contundentes. Cada um com seus processos. E continuo achando: fala-se tanto em família, não é? Ainda mais agora, diante desse discurso moralista francamente hipócrita... mas elas, as famílias, podem ser terríveis.

Qualquer um pode se lembrar de ter conhecido uma família convencional no seio da qual uma mulher sofria impedimentos e muita violência simbólica todos os dias. Ou quem sabe uma viúva chorosa, mas nos olhos da qual era possível divisar certo alívio. E lá nos comentários baixinhos, murmurados, ela dizia à amiga: "agora vou viver minha vida". Ou uma mulher cujo pai jamais fora de fato seu pai; ou um homem que jamais aprendeu o que é cuidar de um filho e de uma casa. As famílias terríveis tendem a produzir repetições delas mesmas. Arremedos do pior que elas podem ser. Nem sempre e não só apenas as alegrias expostas nos porta-retratos da sala.

Conheço filhos que viajam com os pais e famílias que organizam festas de Natal realmente alegres e sinceras. Não sei avaliar se são raras. Nem poria minhas mãos no fogo por qualquer uma delas. Sejam de que casta forem, há famílias que se integram de fato, com mais afinidade e amor do que outras coisas. Mas é preciso admitir que, sim, as famílias podem ser terríveis e podem produzir dinastias de pessoas terrivelmente afetadas por uma convivência "complicada", para dizer com a suavidade que a hipocrisia nos ensina.

CRÔNICA EM SUSTENIDO

Nenhum deles está morto. Falar com os verbos no passado é apenas uma questão de: passado. Os tempos são outros e já não convivemos mais. Não na mesma casa, sob o mesmo teto, à mesma mesa de tampo de pedra, sob o olhar duro do mesmo pai. Nos dias que correm, o que fazemos é tentar, sem muito esforço, que haja uma coincidência num dia qualquer, entre as chegadas e saídas de cada um, ou, noutro esquema, combinar detalhadamente o almoço de alguma data festiva.

No pretérito-quase-perfeito, éramos quatro irmãos: dois e duas, intercalados, com diferença de mais ou menos dois anos entre nossas datas de aniversário. Decorre disso que éramos uma farta "escadinha", até rara, já que ter mais três irmãos já não era comum entre os nascidos depois de 1970. Não nos centros urbanos. E tínhamos infância de interior, conforme diziam, imodestamente, uma vez que andávamos de velocípede na rua, desfrutávamos de quintal gramado, temíamos dois cachorros grandes e jogávamos vôlei sob redes armadas bem no meio da via, sem grandes preocupações.

Desses dias de convívio, em que a marcha da trupe era regida pelos horários de escola uniformes, pouco restou. Mas lembro bem dos comentários de minha mãe sobre nossas chegadas em casa, quando passamos a ficar cada vez menos sincronizados, à medida que nos tornávamos adultos.

Meu irmão, o segundo, foi sonoplasta, sempre. Ao enfiar a chave na porta da casa, uma porta enorme, de duas folhas, que rangia muito e propositadamente, ele vinha sempre fazendo algum som ou barulho com a boca, algo que se avizinhasse de um silvo, um pio, uma derrapada, um cavalo-de-pau, um motor de fusca ou de enceradeira, uma trilha de filme de terror, uma voz de desenho animado, uma sirene de polícia ou dos Bombeiros. De modo que minha mãe, lá da cozinha, um lance abaixo, sabia: Sé chegou. E era, sempre era. Mas não prestávamos mais atenção do que ela.

Minha irmã, a terceira em linha, abria a porta com determinado jeito de mexer na chave e fazia algum chamamento, de maneira que era possível, em especial à minha mãe, identificá-la. E dizia, com certeza: Ti chegou.

Eu, a primogênita, mira de todas as trovoadas desde criança, dizem que abria a porta sempre a cantarolar. Minha mãe chegou a descobrir que, na verdade, já adulta e de posse de uma gloriosa CNH, eu chegava cantando o restante da música que estivesse tocando no som do carro. E era. Nem eu sabia. Se fosse um rock, sucedia o barulho das minhas chaves a continuação do rock; se fosse uma bossa, mantinha-a; se fosse um jazz, era ele, afinal, que entrava em casa comigo. E assim minha mãe dizia a quem com ela estivesse: Li chegou.

Mas ao caçula isso não ocorria. E era a tristeza de minha mãe, uma delas. O caçula sempre em silêncio, difícil de identificar, calado feito um pingo d'água prestes. E minha mãe se entristecia e dizia: Bé chegou, mas nem um pio.

Um dia, no entanto, sabe-se lá por quê, o irmão mais novo cantarolou. Emitiu lá não sei quantos trechos de uma canção, nem sei qual. Provavelmente algo distante do meu próprio gosto musical. Mas a mãe percebeu. Ou ele assobiou? Não sei mais. Só sei que era música. E que minha mãe sentiu uma alegria impressionante. Ela se arrepiou, suspeito até. Ela ficou tão alegre, mas tão feliz com aquilo, com aquela cantarolada, que ela me disse: o Bé cantou! E ficou nessa alegria por muito tempo ou algum, não sei. E eu fiquei assim impressionada, como quem descobre uma coisa ótima qualquer. Eu, na verdade, nem reparava nisso, em nada disso. Mas uma mãe repara, na maioria das vezes e das mães. E ela ficou aliviadíssima. O caçula cantou ou assobiou, assim, como fazem as pessoas quando estão de bem com a vida ou quando estão absortas e conseguem então cantarolar. Aí eu descobri que para ela, minha mãe, música era coisa de gente feliz. E era. Era o que ela achava e ainda acha.

A senhora que trabalha em minha casa, vem varrer e passar roupas enquanto eu trabalho e ensino redação aos filhos dos outros... porque nós, mulheres, estamos sempre a trocar de lugar, nós mesmas, e sempre meio reféns de quem não está direito nessa roda da vida ordinária... Ela canta sem parar. Ela assobia, mas ela cantarola muito mais, com letra e tudo. E nem faz isso mal. Ela tem um gosto musical que não me agrada, mas ela cantarola, ela faz isso ao varrer, ao lavar uma xícara, ao passar uma blusa e um pouco antes de falar qualquer coisa comigo, quando vamos combinar sobre a vida e o tempo. Ela canta. E recentemente ela me disse, muito-muito feliz, que entrou para o coral da igreja que frequenta. E que o pastor ensina a empostar, ensina as notas, ensina a cantar bem e que agora ela veste uma roupa especial para integrantes do coral. E a felicidade dela é inebriante. Minha mãe tinha razão, mas mais ou menos: música deixa a pessoa feliz.

Eu já fui cantora. Fui vocalista de banda de rock e ensaiava todo fim de semana. Passava horas e horas, em especial aos domingos, cantando as mesmas canções, repetindo até ficar bom. Eu chegava lá naquele terraço onde a banda se reunia e o mundo podia estar cinzento. Eu cantava, ensaiava e saía de lá de outro jeito. Fazia diferença sim. Eu parei de cantar porque a vida ordinária me engoliu e eu acho que tudo piorou sensivelmente. Não que os males se espantem com cantorias, isso nem é verdade direito, mas cantar me exigia certa paz.

Não sei mais direito se o Sé continua sonoplasta. Provavelmente, sim. A Ti provavelmente faz menos barulho, embora ela goste de falar, que também costuma espantar alguns males, uns poucos, e provocar outros. O Bé eu nunca mais ouvi cantarolar, mas ele nem mora mais aqui. E eu... continuo, já reparei, emendando a letra das canções que ouvi no carro, enquanto voltava pra casa, tentando fugir da estupidez dos engarrafamentos. A vida é muito besta mesmo. Mas como é bom ter de quem gostar. Como é.

NEM MORTA!

E a morte virou tema, na hora do almoço. De repente, era só a hora do lanche, mas o fato é que a morte virou assunto. Talvez porque tenhamos de lidar com ela massacrantemente, nos últimos meses; porque ela tome grande parte do noticiário, dia e noite, embora alguns achem que não é nada demais; talvez porque ela tenha parecido mais próxima, ameaçadora, nas mãos do entregador, na máscara da senhora, na moça do supermercado, no vizinho médico que chega do plantão no elevador. Talvez seja o climão que todo mundo atravessa há meses. As pessoas agora morrem e é preciso pôr um aviso: não foi coronavírus. Ou não.

Lanchávamos ou almoçávamos, quando minha mãe resolveu fazer uns pedidos e dar umas informações importantes, para o caso de ela morrer. Não é ainda uma idosa à beira da cova, não padece de doença grave, não recebeu diagnósticos desenganadores. Nada. É que fez uns exames, toma uns remédios e vive neste planeta pestilento. Daí, com base em histórias desastrosas de famílias conhecidas, resolveu dar os exemplos que não deveríamos seguir e informou que anda orçando túmulos. OK, não deveria ser assim tão terrível. E então, depois de alguns segundos do espanto negacionista das filhas, ela passou a dizer, com objetividade, onde queria ser enterrada e como, inclusive que tinha o dinheiro guardado para o custeio do ritual, que não gastássemos os nossos, etc.

Está certíssima. Se não morreu subitamente, ao longo de uma vida arriscada para qualquer um, e já que morrerá idosa, de alguma causa serena (é o que esperamos), que deixe as coisas organizadas para quem fica. É esquisito, mas é também uma forma de cuidado e amor. Uma pena que sejamos tão bobos/as para tratar disso.

Um tio deixou tudo pronto, certo, líquido e fácil para nossos primos. Esteve adoecidíssimo, então não titubeou. Tinha posses, minha tia já era falecida, então ele resolveu tudo, de forma que a moçada ficasse tranquila para sempre. Perder os pais jamais será tranquilo, mas que ao menos não tivessem de gastar os tubos com a indústria cartorial da morte. E outros exemplos foram saltitando de nossas bocas, inclusive esses que dão um trabalho descomunal para quem fica nesta Terra, inclusive dívidas, além de dúvidas que apenas advogados careiros conseguem sanar. Eu cá, não. Enquanto minha mãe orça túmulos num cemitério desses que parecem parque, sem a lagoa com pedalinhos, eu quero ser cremada. Aproveitei a conversa franca e tétrica para avisar. Mais que isso: aproveitei para exigir. Sem dó: cremem. Minha mãe quer ficar perto de uns parentes, na área sul ou sudeste do cemitério Tal, ali entre uma árvore e um arbusto. Sabe até a localização exata. Eu, não. É simples: tenho horror a ter endereço depois de morrer. Quero mesmo é sumir no ar. Ah, se fosse possível.

Enquanto minha mãe pensa no tamanho da cova, nos andares e nas tampas de concreto, eu penso na urna. Toda vez que a gente começa a se preocupar com algo, descobre um universo inteiro de novidades. Já pesquisou urna de gente cremada? Eu, sim. Há para todos os preços e gostos. E algumas coisas me surpreenderam. Gostei de uns modelos modernos, arredondados, com jeito de peça de arte. Nem são tão caros. O preço varia com o material e o design. Tem urna de madeira, semelhante a uma miniatura de caixão, e tem urna que parece vaso chique. Dá para enfeitar mesa de canto e tudo (evitar a mesa de jantar). Há pingente!! Isso me deixou boquiaberta. A pessoa pode ser cremada, virar um pó esbranquiçado e ser colocada dentro de um pingente lindíssimo, para quem quer carregar o ente querido no pescoço. Não, melhor não.

Minha mãe quer ficar ali deitada, na mesma posição – é o que se espera –, para todo o sempre. Pretende que paguemos uma espécie de condomínio para o resto da vida, já que teremos de manter seu endereço pós-morte. De vez em quando, alguém irá visitá-la, porá flores no túmulo, varrerá a poeira da lápide com seu nome gravado. Eu, não. De preferência, quero sumir na paisagem. Mas qual?

Minha irmã logo disse: mas o que faremos com suas cinzas? Respondi prontamente: não guardem. Jamais. Aí fui pesquisar o que dá para fazer, já que, segundo minha mãe, há regras para essa dispensa. Nem tanto, foi o que descobri, neste novo universo temático. As pessoas jogam no mar, opção que só me entristece. Passei a vida fugindo dele. Se me jogarem numa praia, será por pura malvadeza. Outras pessoas levam as cinzas para casa e montam uma espécie de altarzinho. Não, por favor, mórbido demais para o meu gosto. Há quem jogue numa praça, num local da cidade de que a pessoa morta gostava... mas não é toda livraria que vai aceitar uma coisa dessas. Nem todo restaurante, nem toda padaria. Prefiro não causar esse constrangimento aos meus amigos e amigas desses poucos espaços que gosto de frequentar, em vida. Pensamos: então no jardim da sua casa. É melhor ideia, acho. E aí descobri que há um tipo de urna funerária e um serviço que usam as cinzas do/a cremado/a para plantar uma árvore. Curti. Isso, sim, me pareceu mais simpático. Uma árvore tem simbologia tão forte, tão positiva. Por que não?

Minha casa, meu pequeno jardim, minhas pleomeles mais altas que o muro, minha varanda desajeitada. É isso. É de onde nunca quis sair, é para onde sempre quero retornar. Nada de ar, nada de mar, nada de rua. É aí que me finco. Nada de condomínio, nada de endereço, nada de quadra, nada de número, nada de vizinhança muito próxima, logo sob ou sobre a laje fina. Quero mais é desaparecer. Lendo sobre esta possibilidade, soube que a pessoa é cremada ali pelos mil graus, mas depois ainda precisa ser triturada, para então ser entregue à família. Não acho pior do que ser enterrada num buraco escuro e ser devorada por larvas. Soube também que ser cremada é mais ecológico e nem é mais caro. Achei que já tivesse então argumentos e motivos suficientes. Mas aí veio a questão religiosa. O catolicismo, por exemplo, não admite a ideia de que se creme alguém e leve para casa. As cinzas devem ficar em um local sagrado. Bom, se a escolha for da morta e a morta não ligar muito para religiões, acho que dá para contornar. Só é preciso lembrar de combinar as coisas com um/a parente também menos religioso/a.

Minha mãe já sabe como e onde. Fez lembrar a propaganda ótima de um famoso cemitério em Belo Horizonte: "se você não sabe quando, pelo menos saiba onde". Sensacional, não? Apropriado, até engraçado. Deve soar piada de mau gosto para os/as mais sensíveis. Mas é isso mesmo. Minha mãe sabe. Eu, também. Das cinzas para uma árvore no jardim de casa. Nada de praia, local de trabalho (pelo amor!), praça pública, lagoa, nada disso. Buraco escuro então, nem morta!

O QUE FAZER COM ESTE CORPO?

"Como morrer" é um negócio que a gente faz questão de pensar pouco, mas incomoda bastante. Às vezes fico pensando por dias sobre gente que considero que teve certa sorte ao morrer, gente que morreu terrivelmente, mortes lentas, mortes rápidas, mortes provocadas, premeditadas, muito imprevisíveis, etc. Penso como o Estado lida com a morte, como a gente lida com ela. Temos falado tanto em morte neste último ano e já ouvi, mais de uma vez, alguém dizer que tem medo de morrer sem ar, justamente uma das possibilidades assustadoras da covid-19. Quando me lembro dos meus avós, me vem a ideia de que uns morreram "bem", outros, nem tanto. Uns ficaram morrendo por anos e anos... outros levaram horas, minutos e nem souberam a causa. Que felicidade, penso. Outro dia, soube de alguém que morreu subitamente... e só deram falta dias depois. Nosso confinamento em solidão deve ter ensejado várias mortes assim. Também soube de gente que morreu arrastadamente, matando um pouco todos e todas que estavam em volta. Minha mãe tem falado muito em morte, mas por conta de um problema cardíaco. Já até escrevi sobre a vontade dela de ser enterrada num determinado cemitério, no plano funerário que ela quer adquirir, etc. Eu não quero. Outro dia, recebi um telefonema de telemarketing de um plano desses. Desliguei antes de terminarem de falar. Não sei o que me deu. Depois tive medo de rogarem uma praga mortal. Será que esse pessoal tem mais poder nessas coisas? Chegou por WhatsApp, num dos poucos grupos que aguento ter, um link para uma revista acadêmica de estudos sobre a morte. Fiquei impressionada, positivamente. Deu vontade de ler tudo, todos os artigos, em sua cientificidade, falando em mortes invisíveis, mortes violentas, adolescentes que morrem e "somem" ou "são sumidos", gente que desaparece na burocracia do Estado. Morrer é um grande incômodo; o que fazer com o corpo é ainda mais. Como dar cabo de uma carcaça que nos entristece, pela qual ainda temos respeito? Ou, ao contrário, dar fim a um corpo indesejado? Isso é problema de assassino, e tal não é o meu caso. Mas aquele momento esquisito de tomar decisões sobre o morto ou a morta queridos é bem incômodo. Tem sempre alguém mais diligente na família, que bom. Tem sempre quem consiga telefonar, pedir a coroa de flores (escolher, fazer uma encomenda, curadoria floral, etc.). Alguém tem de decidir o modelo do caixão, se a família tiver condições. Mapear um cemitério, ver a posição da cova, plaquinha e tal e coisa. Terrível. Eu acho que não serei essa pessoa. Eu me desmonto demais por muito menos. Essa tal revista científica me deu um choque de realidade, tratou de coisas que geralmente são tabus. A gente evita falar do que não quer, evita aproximações. Não é assim? E a morte é, em nossa cultura, algo de ruim, de indesejado. Não a queremos rondando, exceto quando temos uma necropolítica no poder. Aí são outros quinhentos. Perdi relativamente poucas pessoas na família. Do núcleo próximo, ninguém, ainda bem. Um susto aqui e outro ali, mas nada irreversível. Aí vamos nos distanciando e vão aparecendo casos: tias, avós. Quando as pessoas morrem velhas, têm nossa compreensão. É triste, claro, mas a despedida é serena, embora essas mortes possam ter gerado outros sofrimentos. Cada pessoa tem sua história de vida e sua história de morte. Cada um dos meus quatro avós morreu de um modo completamente diferente do outro. Uns sofreram mais, durante anos e anos, tornando a convivência sempre envolta num clima de tristeza. Sempre me abalei muito. Outros se foram "como passarinhos", como dizemos aqui, o que causava dor, mas trazia um alívio que era sentido pelas pessoas ao redor quanto ao próprio morto: não sofreu. As primeiras mortes com que tive contato foram de pessoas conhecidas, mas não muito próximas. Isso me chocava, me deixava meio sem sono. Morreu primeiro um ex-paciente do meu pai, um senhor que havia me apadrinhado quando nasci. Tive ataques agudos de tristeza na morte dele, e ele só me via uma vez por ano. Depois a mãe de uns amigos, o pai de uma amiga. E sempre evitei velórios, como evito casamentos. A morte nunca desceu bem e ainda não desce; pior ainda quando é de alguém mais querido, mais próximo, caso de uma tia jovem que se foi num acidente de carro. Essa me deixou trêmula por horas a fio. E vê-la no caixão foi algo que ainda me devolve a uma das cenas mais tristes da minha vida, a um dos abraços mais sentidos que já dei: aquele na minha avó, mãe dela. Assisti meio recentemente à primeira cremação da minha vida e achei digno. Bem mais digno do que aquele caixão baixando e uma terra ávida o soterrando. O fogo me parece inclusive mais purificador. O problema é o que fazer depois... como sabemos. Um parente guarda a urna da esposa na mesa de cabeceira. Não, eu nem dormiria direito desse jeito. E deve ser um incômodo para o morto, em alguma dimensão, sei lá. Só sei que esta carcaça que usamos e gastamos ao longo da vida, curta vida, dá um trabalho danado depois que se torna um amontoado de ossos e carnes em decomposição. Ver um rosto sem a alma no olho é uma cena impressionante. E não somos educados para isso, para esse dia que sempre chegará. Imagina! Se não somos educados para envelhecer, se nos fazemos tão mal não aceitando a velhice e a doença, o que esperar de nossas disposições para a morte, não é mesmo? Às vezes é só o que desejo: uma vida bacana, apesar de tudo o que há contra, e uma morte serena.

Grata, profundamente grata, ao Júlio Daio Borges, o Jui, editor do *Digestivo Cultural*, interlocutor nestes 18 anos de coluna fixa, espaço de onde saíram estas crônicas (ou quase elas). Atingimos a maioridade neste exercício de escrever com prazo e nos espaços da liberdade.

Grata ainda ao querido amigo e editor da Moinhos, Nathan Matos, parceria incansável, e ao amado Sérgio Karam, pelos palpites textuais aqui e ali.

Este livro foi composto em Fairfield Lt STD para a Editora Moinhos, em julho de 2021, enquanto *Let's Stay Toghether*, por Al Green, tocava baixinho.

*

Uma brasileira, Rayssa Leal, de 13 anos, com seu skate, tornava-se a 7ª medalhista mais jovem em toda a história dos Jogos de Olímpicos de Verão, e levava a medalha de prata.